牢记要深藏在心的密码

肖历昂获奖作品及新作

肖历昂 著

作家出版社

目录

获奖作品

新作

序

说说少年作家肖历昂

吕 瑛

2008年好友肖凌送我一本书，《90后男生女生》，是他儿子肖历昂写的。小历昂是1996年11月出生的，出那本书时他还不满12周岁。我并没有认真读那本书。原因是我刚刚回归《北方文学》，野心勃勃，有太多的东西要读。更重要的原因是我并不认为这么点的孩子能写出让我认真读下去的东西，而且我还觉得小孩子过早出书对其以后的发展未必有什么益处，万不可拔苗助长。

有趣的是，二十多年前我给肖凌写了一篇“有感而发”的关于诗写作的文字，也是这么开头的。同样，而后是震惊。近几年在肖凌的博客上常常能看到肖历昂的文章，那些文章使我产生了而后的效果。

那篇获得“中国少年作家杯”一等奖，题为“当我们可以决定一只虫子的命运时”的文章，让我彻底对这个“少年作家”刮目。

去年，肖凌又送来两本由作家出版社出版的书，一本是肖历昂的专集《你们杀了谁——一个90后学子的真情告白》，另一本是“中国少年作家优秀作品选·少年散文十佳作”《让心开花》，其中选有肖历昂的作品八篇，而且置于“十佳”之首。这回我断断续续地把它们都认真地读了一遍。

后生可畏。

从肖历昂的作品中，可以看出他写作的三个长项。

首先，是他对写作的强烈爱好。我常对一些音乐、绘画、文学爱好者们说，我们对某一事物的爱好程度决定了我们对这一事物专攻的效果，我们如果在某一事物上的爱好达到不顾一切的程度，那么在这一方面我们就会成为天才。这种程度是我们在创作上的主要动力，程度弱者多半会半途而废。只有那些不顾一切甚至不顾生命的人才会爬到顶峰。

其次，是肖历昂对文学创作的真。在文学艺术创作上，这个真字最重要，这是一切文学艺术创作的生命之源。在肖历昂的作品里，很难看到那些通常出现的功利色彩和急功近利之心。他对文学创作的真诚态度，决定了他在写作中用朴实的语言来描述自己的真情实感。从他那些多次获奖的作品里，我们看不出那是为了获取奖项而写出来的东西，丝毫没有命题作文的痕迹。

再者，是肖历昂在文学创作上所具有的独立思考能力。从一只小虫身上能够引发出他对生命的感悟；由月亮而联想到生存状态；由色彩而触发对生活的遐想。善于独立思考对一个作家来说同样是至关重要的，这并不是生活阅历与经验的积累，它就是一种能力。很多作者都具有对生活现象的观察与判断，而恰恰缺少的就是思考能力，以至于其作品只停留于事件与人物的故事表面而缺乏独到的视角和深刻的感悟。

在肖历昂的作品里，很多的思考是许多成年作家都未曾做过的。对一个少年作家来说，一方面这种思考能力是难能可贵的，另一方面这种“过快的成熟”又会让人有些担心。因为这种能力的运用与发挥是需要生活阅历与经验积累来做支撑的，缺少这样的支撑，其作品就会空洞并会显现出过于非形象化的说教形态。解决这一问题唯一方法就是，直接生活经验与间接经验积累并举。直接的生活经验积累是，行万里路；间接的生活经验积累就是，读万卷书了。

对于肖历昂来说，他的文学创作路程还很遥远，如果能坚持自己的创作热情，尽可能地保持自己的纯真状态不为社会上的虚名所动，不断地有意识地提高自己的独立思考能力，那他终有一天会在文学创作这座山上，爬向目前我们还难以预料的顶峰。

（作者系《北方文学》副主编）

获奖作品

当我们可以决定一只虫子的命运时

谁会想到当我们能决定一只虫子命运的时候，我们有什么样的感受，虫子有什么样的感受，虫子的妈妈有什么样的感受，上帝又会有什么样的感受？

在一个炎热的夏天，我无可奈何地拿着手中沉重的笔，慢慢地在一张又一张作业纸上费劲地描绘出几何图形的一笔一画。

我的内心无比恼怒，心中的热火从我身体中每一个汗毛孔散发到空气当中，使空气愈发的炎热。

为什么学校在这大热天留那么多作业。为什么我不生在美国，做一个学生也能随时享受室外温暖和休闲的阳光！往往这个时候，我总是会抱怨。抱怨这个社会，抱怨我的生活。当我平静下来要继续投入到那万恶的作业堆里的时候，我发现了一只令人讨厌的小虫子，挡在我要落笔的地方。

这种虫子我小时候称之为书虫。因为它总是莫名其妙地出现在各种书上。我猜测它的知识应该很渊博，它的智商应该很高。

因为上帝专门创造我来做憎恨学习和作业的使者，

所以往往当我看到任何有关于学习的东西都会不由自主地憎恨、恶骂。看到学习用品商店我会说:“如果没有你们，我还用写字吗！都黄了吧！”当我看到书店里某个个出版社发行的练习册时我会说:“该死的出版商，如果没有你们，我们能有这么多的作业吗！都倒闭吧！”当我看到学校时，我还会说（后来我就习惯了）:“如果没有学校，我们还用写字、写作业、被老师K吗?！”

总之，一切有关学习的东西都是我心中的敌人。谁叫我是上帝的使者。

当然，因为这些虫子不幸地在书上爬动，自然也被我把它和练习册、书本联系到一起:“如果没有你这个可怜的虫子还会有书吗！”那只虫子回答:“大哥，还会有的！”“你再说一遍！”“大哥，还是会有的！”噗—噗—啊—啊—嗷！“你还敢说！”“你让我说的吗！”

这种虫子自然就成为我的杀戮对象。仅仅因为它的名字被我称之为书虫。

当我想杀它的时候，我只需伸出一根手指头，找准它的位置，然后轻轻地按下去，最后在书上把它被捏扁的身体慢慢地揉动。这样的程序不足五秒钟。这样的程序所用的力气比拿起一支笔的力气还要小。

但这样的程序有意义和价值吗?

我的灵魂在不停地质问我自己。它没有像蚊子那样吸取我的鲜血，它没有伤害到我。它没有像中国教育一样剥夺我的灵魂和意志，它没有改变我。我们没有任何关系，没有任何仇恨，但我为什么要伤害它，为什么要让它无辜的生命残忍地终结在我们的手下。然后，把它的尸体像尘土一样弹到冰冷的地面上。

它在那个瞬间可能在憎恨我对它生命的不尊重。它会在上帝那里告我的状，它会把我塑造成一个魔鬼，一个恶魔。

它的妈妈可能在看到我把它的孩子压在手下的那一瞬间失去了一生中最宝贵的孩子，它会疯了一样，会抓狂，会流泪，会把我看成一个刽子手。

上帝可能会看到我阴晦的一面，可能在我偶尔向神圣的他发誓的时候不相信我，可能偶尔在我被老师K的时候不帮助我。

我会抱怨我自己。抱怨我自己的所作所为，抱怨我无情地把它弱小的、无辜的生命带到另一个地方。

当我们轻松地杀死一个无辜的、对我们没有伤害的生命的时候，我们会不会想到如果上帝想要杀死我们，就会像我们杀死一只虫子一样的那么轻松。

有生命和无生命的区别在于有生命的东西多多少少都有一些思想，可以运动，可以感受。但当这个生命陨灭的时候，这个世界上又少了一个可以运动的生命，又少了一个可以承接食物链的生物。

当它看到我的时候，八只爪子飞快地向后划去，仿佛感知到我过去曾经杀死过它的同伴一样，生怕我的手指像把它同伴杀死那样向它按下去。它不想与它死去的同伴待在同一个地方。

但这一次，我真的就没有伤害它。我突然感觉它像一个小精灵，没有恶意，一个无忧无虑的小精灵。我仔细看了看它。

它非常小，像一粒小小的粉尘，有八只带细毛的小小的爪子。慢慢地攀爬在我的作业本上。小爪子像八只船桨，带着它的身体，遨游在对于它来说巨大无比的作业本上。不时地东张西望着，头像一个会转动的保龄球一般，头上的两只触角像指挥棒一般有规律地摇动着。

原来，一个原先让我恨之入骨的生命竟可以瞬间幻化成一个可爱的东西。

当我们仅仅只需伸出手指，决定一个虫子命运的时候，不要贸然地下手。把你想象成那个没有干坏事的虫子，把上帝想象成想要杀掉那个无辜的生命的你。想一想当你在上帝的手指下，你还希望上帝按下去吗？

收手吧，朋友们。当你收起你那过去残忍的要按下去的手指时，上帝也会在你最困难的时候伸出一根帮助你的手指。

2012 中国少年作家杯·全国征文大赛　一等奖

入选《中国少年作家杯获奖作品》(上卷)漓江出版社

入选《2012 中国年度少年作家作品》漓江出版社

入选《让心开花》作家出版社

马尔代夫·我饮酒的十五岁

第一次接触到酒是在一家粥铺，当时我十岁。其实那也不算是喝酒。那是店长看在我们是老顾客赠送给我们的一道菜，名叫“红酒雪梨”。妈妈尝了一口，说:“甜，不好吃。”爸爸尝了一口，也说:“是很甜，不好吃。”我尝了一口，答案与爸爸妈妈截然不同:“甜，好吃。”从我的角度看，那道菜最大的亮点并不是浸泡在红酒中玲珑剔透的雪梨，而是雪梨的调料剂——所谓的红酒。爸爸在一旁说道:“那才不是红酒，只是大量的香精和糖混上少量的红酒。红酒的浓度太低了。”一盘红酒雪梨被我以高速列车的速度送入腹中，甚至还不过瘾，毫不留情地把剩下的汤也喝了下去。父母佩服我的饭量，眼睛瞪得像十五的月亮一样圆。不一会儿我渐渐感觉到脑袋很晕，身体像浮起来一般，眼前的灯光忽暗忽明，像一只只被点燃的飞蛾，拖着短短的火尾，汗像流星一般向下流。爸妈看我的症状:“没出息，喝醉了！”我好像真的醉了，好像……（然后我睡着了）

记得有一次和爸爸、舅舅还有十五岁的大龙哥哥在一个海鲜啤酒广场吃大排档。舅舅对哥哥郑重其事地说:

“你十五岁了，该喝喝酒了，也该为以后做打算了。”我主动提出要喝酒，但是被爸爸制止了，原因是我还小。他口中说：“你忘了上次醉成什么样了，等你长大了再喝吧！长大，长大……”

十四岁，我十四岁了。2009年的最后一天晚上，父亲打开了一瓶瓶身上全是英文的干红，拿出了两个杯子。我清楚地看到爸爸拿起第二个杯子的表情——那样庄重，那样严肃。他向两个杯子中倒入了一些酒，他说是一两。

酒杯在黄色灯光的照射下，散发出五彩斑斓的色彩，闪耀着迷人的光泽。干红的红不那样的浓，也不那样的淡，色彩刚刚好，那种颜色对我有一种莫名其妙的诱惑。我难以克制，急着想把它一饮而尽。爸爸告诉我，喝红酒不能急，要一口一口，慢慢地品味。先是在杯子里把它转上几圈，然后用嘴轻轻地抿上那么一小口，把它含在嘴中，然后用舌头慢慢地打转，最后再一点一点地咽下去。我发现这一系列动作都讲究品，讲究慢。干红就像是一份牛排，而后来我喝过几次啤酒，啤酒就像是一大锅东北的大炖菜。一个讲究细品，一个让你只体验大吃的过程。一口一口吃完牛排是享受，而一勺一勺吃光东北炖菜是糟蹋自己宝贵的肠胃。我后来喝过啤酒，那种味道你不大口大口地喝是品尝不出来的，可能你当天晚上喝完啤酒以后很爽，很高兴，但一觉醒来，“嘿，啤酒什么味来着？”所以这里不谈啤酒，就像辉腾的广告，只为有品位的人制定。我们谈红酒。

喝下干红，细细感觉它从你的舌头，到嗓子，再像做电梯一样垂直地下落，到你的食道。你能感受到一种辣，但这种辣使你的胃暖暖的。倾听它慢慢在你身体内的每一次滚动，每一次的迸发，仿佛倾听交响乐。但这次喝酒没有使我很愉快，我总感觉心头少了一些东西。就像你看日出，虽然日出很美，但你总感觉少了些东西。仔细一看，才知道，你少了大海或是群山作为日出最美丽的背景，所以感到不是十分的满足。当时，我缺少了群山和大海。我在后一年找到了答案。

一年的时光像科技的发展一样快，2010 年最后一天。和 2009 年最后一天是同一个时间，还是爸爸拿出两个酒杯，还是去年打开的那种酒。当他拿出第二个酒杯时，我感觉他比去年的这个时刻更加坚定，更加严肃，他倒上了酒。“二两。”他对我说。跟去年的程序一样。但这次，我感觉到了与上次的不同。因为我感到了此时的庄重，感到了我的责任，正如舅舅说的，我像几年前的哥哥一样，长大了。我有了责任感。我知道自己不能总是依赖父母了，我知道了独立。是的，去年在大街上，别人还叫我小朋友。但今年，全世界的人仿佛都领到了一份通知书，通知书上好像写着“称肖历昂为小伙子”。是的，现在陌生人都以“小伙子”称呼我。我感觉自己长大了。小时候我总以为长胡子、长个子代表着长大了。但我现在发现，长大不仅仅是生理上的长大，更是心理上的长大。我的感觉像是在高山上看日出。我仿佛站在高山上俯视着整片山川，感受到站在高山上的庄重，感受着阳光照耀，照耀到我身体的每一个部位，照耀着每一个黑暗的角落。我发现，喝酒是多么幸福和快乐的事情啊！它让我感受到一种灵魂上的解脱，一切烦恼都没有了。但我感觉还是少了一些东西，仔细看看眼前的东西——日出，高山。仔细一想，哦，万事皆全，只缺大海。几个月后，我终于等到了我想要的，我所拥有最美好的时刻。

这个时刻到来了。我和爸妈还有舅舅、舅妈、哥哥、姥姥一起去了我梦寐以求的马尔代夫。在那儿有大海，宽阔的大海，湛蓝的大海。向大海望去，近处的海水透过沙子呈现出金子般的黄色，再向后是海草透过海水显出了浅绿色。再向远望去，一片蔚蓝，那种蓝色让人看一眼就忘记不掉。像一颗在华丽的灯光下发出耀眼蓝光的蓝宝石，那样清脆，那样让人无可挑剔。那种颜色使我的大脑神经一下放松了，思想随着雄鹰，一起飞到了九霄云外，飞到了比海还要博大、湛蓝、自由的天空中。在天空中俯视着大海，远处的波涛拍击着一座座礁石，碎末像被打碎的珍珠一般被撞击得粉身碎骨。但它依然冲击着，礁石依然伫立着。雄鹰在空中盘旋了几圈，飞走了，飞向它该去的地方了。我的心情平静下来了。

当我平静下来，仔细观察着海浪每一次冲刷那海边的螃蟹时，爸爸拿出了两个杯子倒上了干红。“三两，”他比较随意地说，“对你的奖励。”我仰望远处，大海与长天交接的地方，在那里，海面与蓝天那么和谐，相互衬托。爸爸和我一样注视着远方，他的眼睛那么明亮、那么柔和，与往常的刚毅截然相反。风吹动着他飘逸的长发，几根白白的头发像摇摆在海中的白色的水草。

我看着大海与长空交接的地方，感觉到了海之博大，海之壮观。我仿佛站在海上的山峰，吹着海风，锦绣山川被我踏在脚下，海洋长空被我尽收眼底。我生观此景，足矣。

看着爸爸的长发，再看看大海，我慢慢举起了酒杯。没有品尝，一饮而尽。酒蕴含着时光的流逝，蕴含着人事的变迁，下沉到我的身体里，融入到我的血液里，慢慢成为我精神的一部分。

人生的韵味就蕴含在这醇醇的酒香里，人生就像这杯酒一样耐人寻味。醉翁之意不在酒，在乎山水之间也。此中有真意，欲辩已忘言。

我沉醉在海边，我沉浸在红色的酒中……

2013 中国少年作家杯·全国征文大赛　一等奖

入选《笔尖上的青春·青春痘肆意的季节》武汉大学出版社

入选《让心开花》作家出版社

需要一种信仰

我们需要一种信仰，来支撑我们的肉体。

在我们最危难、最冷漠的时候，能够给我们的灵魂一个呼唤，让我们的力量从内向外扩散，这才是信仰的真正作用。

信仰，并不一定非要拿着十字架或是念珠，摆出一副虔诚的姿态，跪在神像的面前或是痛苦地修行着，为了达到次数而诵咏着经书。信仰，并不需要被定格在一张纸上或是一面墙上。真正的信仰，是一种没有止境、无法形容出来的东西，就如同远处的大海，虽然我们知道它有尽头，却总是眺望不到它的彼岸。

信仰，未必是佛教、基督教、伊斯兰教等等。只有精神无所依托但又渴望找到精神的依托者，才会循规蹈矩地跪在他们的师傅或是传教士面前，聆听他们从书上摘抄下来的文字。他们并不一定伟大，不可以呼风唤雨，也不可以改变你们的命运，更不能预测你的未来。因为那些信仰不能在你真正困难的时候帮助你走出困境，不能给你精神和灵魂的支柱。如果你一味地在心中相信着那些神灵会加持你，保佑你，而不去努力地争取，只在心里相信那些被定格住的信仰又会有何成就呢？

人生如同一个短暂的流水线，我们在人生的流水线上不断地被加工、打磨，最后被包装，然后结束我们人生的流程。那些追溯着被定格住的信仰的人们只是如同在流水线上找到了一个极易破碎的房屋，躲在那个房屋中，躲避着现实和未来。

我们有没有想过，释迦牟尼、耶稣、安拉都只说过很少的话，但那些话被我们后人修改得没头没尾，将那些博大的、无边际的伟大思想幻化成一个渺小的、用华丽包裹着的满是错误的盒子。

我在电影《达·芬奇密码》中看到一个教徒用铁链和钉子让自己痛苦地死去。我在想他为了什么，为了宗教的信仰还是那些以宗教的名义而衍生的邪恶呢？许多宗教场所都变成了经营场所，许多传教布道者有了那么多的金钱，他们甚至跑到舞厅、酒吧去跳舞、消遣。这些人把原本美好、善良的信仰，转化成一种赢得经济效益的工具。

我们需要的不是盲从的、虚假的、掩盖事实的信仰，而是需要一个真实的信仰，能在灾难和困苦中给予我们力量与勇气的信仰。

其实我们只需要信仰我们自己，对自己说：我可以。

在我们的内心中，不需要那么多没用的名字，那么多的神灵。因为在无助的时候，不会有一个神灵从天而降，帮助你消灭你的敌人，赐予你无穷的力量。那时你会发现，真正的神灵就是我们自己，只有自己的力量才叫作真正的力量，只有相信自己的力量才会获得成功。

如果一些人只知道盲目地追随着那些写在书上的话语，只知道坐在那里念经，他们又能怎么样？神灵没有给他们送来食物和金钱，神灵没有伸出一双手，将他们从地上拉起。你只能依靠你自己。从冰冷的地上爬起来，用自己的双手去创造自己的生命，在人生的流水线上不被淘汰。

生命的质量原本是很轻的，如果你的生命中添加上一个真正的信念，一个坚定的正确的信仰，那么你的生命就会很有价值，如同一块外表平凡但内在闪亮的翡翠。密度就会很高，别人也会很欣赏。

如果一个人失去了信仰，甚至连被规定的信仰都无法遵循的话，那么这个人的灵魂将无所寄托，慢慢地成为一具行尸走肉，或是一个可以行走的植物人。那个人眼中的世界将会那样单一，那样没有滋味。

我们需要一种信仰，一个真正的信仰。告诉我们思想和行动不单单需要大脑去简单地支配，而是需要信仰给我们明确的方向，前进的动力，思想的源泉。

信仰会给予我们第二个生命，它让我们用心灵去看世界，用思想去探索这个世界。我们需要一种信仰，能够使我们在黑暗中找到目标和方向。我们需要一种信仰，去绘制我们的精神世界。它会使我们拥有一片既富有个性的、又充满自由的天空。

2011 年度中国少年作家班“散文十佳”奖

入选《让心开花》作家出版社

入选中国少年作家网每周一星

颜色

我们每一个人都手持着一个名为“自我颜色”的画笔，添上些许的勇气和愿望转换成各种颜色来涂抹和渲染我们的生活，勾勒出世间万物，走出没有颜色的单一的生活，用它来描绘我们心中的愿望，抒写我们的精神世界。

在所有的颜色之中，黑色是最厉害的老大，因为物理老师告诉我们黑色吸收所有的色光，而且从来不反光，这就是黑色的物理定义。我忽然想起了电影中黑手党的老大总是穿着笔挺的、黑色的西服，仿佛看出了几分含义，或许是想要把所有的一切都据为己有吧。劳斯莱斯的汽车很讲究颜色，没有地位和名气的人再有钱也买不到黑色的劳斯莱斯，因为他们认为黑色代表着高贵与尊严。记得我们在炎热的海南坐过一辆黑色的奥迪 A6，在炙热的阳光下，车身将所有的热量都吸收了，这可苦了我们车上的这些人。所以黑色在吸收一切色光的时候也会对自己造成伤害。有些人说，黑色不是好的颜色，它象征着邪恶势力以及一切肮脏的东西，尤其是我小时候看的动画片有一个叫“黑心虎”的反面人物，还有一个让无数的游戏者都咬牙切齿的黑客，所以所有的小朋友也对黑色有着极大的反感。但是我们何尝没有想过，每一个人的心灵都有黑暗的一面，不管是英雄好汉还是文人墨客，因为黑色确实是我们生活和心灵的必需品，象征着吞噬一切，将一切据为己有的颜色。

白色象征着纯洁、质朴，我有一个很有诗意的小学同学，他说他的梦想是——在一个夏天里，一个美丽的公主穿着白色的连衣裙，在白色的百合花丛中翩翩起舞。我对白色的最早概念是白雪公主，被黑心的巫婆整了好几次，又以浪漫的方式奇迹般地复活。看到欧洲的结婚礼服都是清一色的白色，而且白色的PSP游戏机比黑色的游戏机贵两百多块钱，白色的汽车显得特别的有气派。而白色是光明的代表，将红橙黄绿蓝靛紫调和在一起的颜色。所以在另一位物理老师的眼中，白色是真正的老大，因为它可以将所有的颜色全部地摆平，而且总是让人能够欣然接受的平静的颜色。

小的时候，我最喜欢的颜色是粉色。那个时候好几个幼儿园老师都被我的答案所折服，因为所有人都认为“粉色就是小女孩子喜欢的颜色”，所以她们的眼神如同带电一般向我投射过来，我只是感觉粉色很让人陶醉，而且幼儿园没有一个男生喜欢粉色，我和他们还格格不入，所以就算是我不喜欢粉色，我也要硬着头皮说我很喜欢。如今我年过四十的音乐老师总是动不动就穿上粉色的裙子，套上黑色的丝袜，让我们班大多数的同学瞄一眼就把所有的早餐都吐出来。

在中国，红色是喜庆的颜色，但是从小我就对红色反感。因为红绿灯的红灯总是让人心急火燎，而且大姑给我讲的红鬼的故事也蛮吓人的，更重要的是，我很讨厌血，而鲜血的颜色恰恰是红色。所以每当我听到红光满地这个词语，都会打一个哆嗦，我会认为满地全是红色的鲜血。

我在马尔代夫看到了一块绚丽的蓝宝石，里面还有一个小珊瑚和一个小海星。那种颜色如同马尔代夫的大海一般，那种蓝色。给人一种清凉、忧郁的感觉，尤其是那种颜色中蕴含着的博大、雄伟，如同大海一般包容万物的胸怀。店主看到我们徘徊在这个宝物前，用当地的如同辽宁话的英语向我们介绍，直到最后，我们才想起了问价格。他在计算器上打出3后面四个零。正在我们犹豫是否要买下一个这样贵重的东西的时候，忽然想起我们应付的货币是dollar，一个可以买一辆不错的汽车的价格。于是我向那块蓝宝石投下了深情的一瞥，那种颜色是任何颜色都代替不了的。蓝色，象征着深邃。给人一种大海的感觉（晕船、晕水者除外）。

我想，人和颜色打交道的地方实在是太多了。我们从小就在父母的口中天天听着“天是蓝的，草是绿的，太阳的脸是红的”。我们无法想象没有颜色的世界，那么一切都会那么昏暗，一切都会没有光泽。我们的心中都存在着多种的颜色，用调色盘来调出各种各样的颜色，那些颜色决定着我们的性格，我们的所作所为。

当阳光普照大地时，一切都会变得那样的分明，这个世界存在着那么多的颜色，那么多的个体。一些衰败的颜色在慢慢地被忘却，另一些新鲜的颜色又一次让人眼花缭乱。

当人们淘汰了黑白的电视，换上了彩色的荧屏的时候，人们会有多么的高兴。因为屏幕上显示出了真实的东西，分明的东西。

五光十色的世界因为爱憎分明而完美地交织在一起，调和成各种颜色，代表着一类又一类的事物。这个世界孕育着颜色，颜色又孕育着这个世界，既让人们知道这个世界是多彩的，也让人们知道，多彩源于这个世界。这就是颜色交织着的世界，这就是环绕在我们身边的颜色。就算有一天，所有的红绿灯都报废了，所有的蓝宝石都被摔碎了，但是我们心中的颜色是不会改变的。

中国少年作家学会 2013 年度优秀文学作品奖　一等奖

一台车，一个梦想

我从小就梦想着有一台越野跑车，有响亮又刺耳的马达，可以载着我兴奋地奔驰在马路上，或是在大漠或是高山上轧过一片片荆棘还有坑洼。“一台车，一个男孩的梦想，一个男人的梦想”，这是《变形金刚》里男主角说的一句话，是的，其实每一个男孩都有一个汽车梦，都有许多的心里话。

爸爸非常喜欢汽车，或许是因为遗传的关系，我也非常喜欢车，其实大多数的男人和男孩都很喜欢汽车，当然还有手机、手表、钱包。我最小的时候对汽车的认识仅限于我坐过的车：捷达、桑塔纳、在我印象中最贵的奔驰、小姨姥的现代、小慧阿姨的雅阁、妈妈的别克、爸爸的本田里程。后来，我发现爸爸在看《汽车之友》，而且期期都买，期期都会仔细地看，于是我就看看爸爸翻过很多遍的旧版的汽车杂志，从杂志上的图片挑出我喜欢的汽车。我看到更多的牌子，更多的款式，还有我第一次在杂志上看到SUV，看到概念车。我看不懂书上大部分的文字就像是我看不懂大多数美国酒店英文的介绍书一样。但是我小小的心脏在上下不停地颤动着，像发动机一样发出有节奏感的轰鸣声。我梦想有一台汽车，我想把汽车从杂志里挖出来。

我的汽车梦终于实现了，对于当时的我。因为聪明的妈妈，为了不让我在很远的去幼儿园的路上感到寂寞，在后排空调的出口上卡了一个小小的可以旋转的方向盘。所以我所有的注意力全都集中在比我现在一个巴掌要小得多的方向盘上。我低头握着方向盘，紧紧地握着那个方向盘，那个梦想。请相信我，那种感觉是世界上最难以表达的感觉，我感觉……我用我的写作能力表达不出来。笼统地说，感觉我已经不是我了。

我开始变大，有一天我稍稍有力量的臂膀把方向盘拽了出来，变形了，安不上去了，我想哭，但是泪水最终没有掉下来。

我开始在新玛特四楼的游戏厅实现汽车梦，只要花上贵贵的两块钱，就可以用我喜欢的跑车去和其他的赛车手飙车。我喜欢那种颜色很特别、外形很别致的跑车，爸爸告诉我如何踩油门，如何踩刹车，如何换挡。爸爸说要用右脚踩油门和刹车，我感觉那样很不舒服，所以我用右脚踩油门，左脚踩刹车，换挡就是爸爸的事情了。但是我发现爸爸总是换挡，原因是我驾驶的豪华跑车已经被那些万恶的墙壁撞得像一个牙齿掉光的老太婆了。我喜欢音响在我两耳后方放射出的马达声，听起来很刺激，我经常随着马达声的高低起伏而呼吸，有时甚至可以呼出我难以表达的气息。我感觉我真的很爱汽车，我喜欢踩油门，不喜欢刹车，虽然那样会出车祸，但是我喜欢开车的感觉。但是慢慢地，我开始厌恶了。游戏厅里的车不是我的梦想，我的梦想是一台真正的汽车，一台更加现实的、可以载我到屏幕以外的汽车。

我的梦想又一次实现了，这是一台碰碰车，一台不需要踩刹车的车，只不过它不是汽车。我充分显示出了我的汽车天赋，经常把比我大很多的孩子或者是有汽车钥匙的大人撞得很狼狈。虽然这不是汽车，但这很真实，我听到别人的尖叫，看到了别人在被我撞得转圈，但是，我的梦想又一次被场地所束缚。于是——

我开上了卡丁车。我不知道那算不算是卡丁车，但是那台车只是可以开到四十公里每小时，或许只是幼儿版的卡丁车。我开着卡丁车，在赛道上自由地奔驰。我看着金黄的麦穗子飞快地向我的眼前扑来，然后跑到我的脑后。我感到，风儿淘气地揪着我的脸皮，拨动着我的头发，吹走了我脸上的汗珠。我感觉，我在飞，直到我把卡丁车当成了碰碰车——撞到了前面的两个泼妇开得特慢的卡丁车。只是擦伤了卡丁车的表皮，震荡照碰碰车差远了。她们像疯了一样骂街，要赔款，我愣住了，这不是碰碰车，也不是游戏里，这是一台真实的卡丁车，这就是我的梦想。爸爸妈妈拉着我的手，把我从那两个泼妇面前拽走了，她们还在骂，爸爸妈妈不出声。从此以后，我再也没有动过碰碰车或是卡丁车还有游戏里的汽车。那个梦想依旧没有实现，我想要的是汽车，可以在马路上奔驰的汽车，排出许多白烟的汽车。

几年后《变形金刚》上映，我在厦门买了正版 DVD 光碟，在手提电脑上看。我不记得任何剧情，我只记得男主角山姆说：“一台汽车，一个男孩的梦想，一个男人的梦想。”是的，那是一个梦想，是每一个男孩的梦想，承载着无数的希望。

电影里，那辆汽车叫作大黄蜂。

在美国，我看到好多的新车老车，好车烂车，美国的汽车卖得非常便宜。华尔街上宝马店的橱窗里，展示着一台宝马 M6 的发动机，我看着那台发动机的结构，它的机油管就像人的血管一样，交错在像人的心脏一样的发动机上。我想到它跳动的场景，它油门全开的场景。

看着像心脏一样的发动机，我突然感觉，汽车也是有生命的，汽车也是可以和人的心灵交通的。

在那台发动机里，连载着我的梦想，一个男孩的梦想，一个未来男人的梦想。

我梦想着有一台汽车，可以带着我去天涯海角。我梦想有一台汽车，能去驾驭我自己的躯壳，能去驾驭我自己更多的梦想。

无数的男孩梦想着有一台车，其实汽车是很神奇的，你想想，它可以日行千里，它有那么宽广的内涵去容纳人坐在它的车厢里。

一台汽车，一个梦想，在无数个男孩的心中萌芽，在无数个青春的梦想中爆发、升腾。我想，上大学那一年能有台汽车，最好是汽车人，只要它能开，只要它有发动机，那就是我的梦想。一台车，让我在瞬间成为一个男人，让它满载着我的梦想去奔跑，没有终点的奔跑。

新　作

白发高中生

“老师好！”

“哈哈，我不是老师。”

他很苍老，面容，步伐，甚至他的声音和他似乎经历风霜的背影，都像是个成熟稳健的中年男子，宽大的脸颊，硕大泛着红光的鼻子，粗糙的皮肤，透过眼镜冰冷的眼睛，忧郁悲伤而无神。从外表看无疑是个中年人，而且手里还拿着教科书，这无疑就是老师。

但是他很起眼的，是在脑袋上顶了一顶帽子，耐克牌的白色帽子，就算是老师进教学楼也要摘帽子啊。

他进到了班级，向讲台走去，抬起脚跃上讲台，穿过讲台，跨下讲台，向后排走去，缓慢地在一个座位上坐下。

他不是老师，他只是一个学生。

长得最不起眼的他慢慢地成为了最惹人注目的明星，过去他迟到的时候只要默默不语，值周生和保安就会以为他是老师而放他过去，而自从他出名以后，当他再次迟到的时候，值周生已经将他的名字记录在本上了。

而比长相更加引人注意的，是这个人的帽子。

他总是戴着那顶帽子，或许那永远是一个，也或许是他在耐克店打折的时候买了许多顶帽子。但是无论如何，他总是戴着帽子，严寒、盛暑都戴着。

他总是默不作声，认认真真地听课，板板整整记下整齐的方块字，绝不偷工减料地完成作业。他从不会主动跟任何人说话，他就喜欢一个人，抓紧所有时间，一切时间去学习。从来没有人成为他的朋友，因为他就像是个木头人一样，冷冰冰的，一点都不好玩。

其实他是一个从省内某个城市过来的学生，中考在他们全市排了第十名，他选择离开他出生成长，读完初中的地方，来到人生地不熟的这里，完全是因为我们学校名气大，老师强，还有学校一定会给他许多优惠条件的。

他的帽子下面不是别的，只是脑袋，但是脑袋上，空空如也，确切地说是寸草不生。原本他也有跟别人一样的头发，乌黑，发亮。但自从小学时发现自己学习能力很差的时候，他就开始了比其他学生早了许多年的熬夜，一夜又一夜，他的头发渐渐变白，他成为了白发的小学生。从小学五年级开始，为了那一丛丛白发，他选择了剃光头。

他的人生，几乎没有色彩，只是沉浸在白色或泛黄的之中，黑色的字和符号里。他只是为了学习，因为叔叔、阿姨、爸爸、妈妈、爷爷、奶奶，包括扫大街的、要饭的、卖报纸的都告诉他，只要好好学习就会上好大学，就会有好工作，就会成为有出息的人，改变生活现状。

他确实想从他家那四处漏雨的吱吱作响的简易房中

迈出脱离的步伐，但是他的笨拙让他的学习屡屡受挫。为了他的选择，他只能在别人入睡的时候学习，在别人学习的时候学习，在别人扯淡的时候学习，在别人看动画片的时候学习。他的人生只会学习，那些单调的习题，总是被那些变态的出题人改了又改，原本简单的问题也会因答案的注解而变得浑浊不清。

他在学习着，和黑夜做伴，他每天晚上在寝室的内容完全一样。有时寝室阿姨会过来没收他的台灯，于是这个坚强的人会把脑袋蒙在枕头底下忍着气痛哭。

“那他的未来呢？除了学还是学，除了学习他还会干什么？能找到工作吗？哪个女的愿意跟他！”

“是啊，难道我们不是吗？”

“没他那么过，但也够呛啊。”

真坑啊！这是我们学校最流行的语言。

教育带给我那么多伤感，但这个我忘记了名字的白发学生已经麻木到忘记什么叫作痛苦，什么叫作劳累了。

“其实他已经很久没有剃头了！他告诉我的。”他的同桌说，他倒是和他的同桌能说几句话，但依旧如同“稳重的”木头人。“他说他很久没剪头了，但是头发长不出来了。”

白发高中生的同桌哼了一下：

“他说倒也挺好，省了理发的钱了。”

从黑发人成为白发人，再从白发人变成无发人，托了我们被教育的福了。

社会和祖国需要你努力学习，成为呆子，再去他那里应聘，然后告诉你：你太缺心眼儿了，太呆了，社会才不要你这种狗屁，啥都不会！可他会学习啊！！！

他的人生就是为踏出那间破房子而奋斗，不用一出门就看到那阴晦的图景。他在奋斗啊！每一个夜晚当我在梦中的时候，当我在看 NBA 的时候。这是他的人生啊。

你毁了一个好农民，也可能是个好的艺术家，也可能是个好的厨师，你让他成为了只会学习让头发都变白而怕别人笑话的机器，你却不给他买单。

这是个悲剧，可以预料到的悲剧，而现实里的人却不以为然，他依旧麻木地度着漫长的黑夜。

他本是黑发人，后来，成了白发人，又怕被别人笑话，瞧不起，欺负，最后变成了无发人，又变成了戴帽子的人。

那顶帽子像个旗帜，那身影就是个沧桑的身影，脊柱因为压力和重力而弯曲，颈椎随着晃动而咯吱作响，那声音让周围的人都瑟瑟发抖。

白发人，他就是个空壳，这个空壳并不是完全的空壳，因为他的里面还有学习的信号，只能去扫描那些题，那些公式。也正因为他是个没有任何情感，甚至不会感到痛苦的空壳，他的头顶才会在剃秃之后没有再长出任何东西。

这是一个真实存在着的学生，一个活在现实与浑噩的梦境旁边的人。但是他不仅仅代表着一个人，还代表着我，我们所处的这个年代，头脑正在被题海所侵蚀的每一个小学生、中学生。

他做了一个梦，一个无人知晓的梦，梦的内容是……

不会做梦的人

“喂，梦是什么颜色的？”

“梦？当然是五彩的吧，必须是绚丽的啊，要不然怎么叫梦呢！”

“哦，这样啊！”

没有梦的人，像落单的大雁，像迷路的孩子，像望着鸟儿飞翔的雏鸡。

她没有做过梦，医学上无法解释，但她没有跟任何人提起过，因为她认为那样别人会认为她是个怪人，从而拒绝与她产生任何联系。

呆滞的一天天，仿佛静止的空间和时间。钟表的摆动和白云的飘流，对于她来说，一切仿佛都是无味的循环，万物的存在似乎只是为了周而复始。就像云，只是水蒸发而形成的，最终还是要成为水，重复着重复着重复着，就像一天天一样，一直重复着。

在她的眼中，世界是黯淡的灰色，似乎所有事物都笼罩着一层灰尘，阻隔了原本的光泽。

她的朋友很少，她知道有可能她的朋友也没有把她当成朋友，但是她始终把她们当做朋友，或许只是为了满足心理空缺的假象。

她感觉孤单吗？寂寞吗？人们说孤单的人能和寂寞讲话，可是她总是在自言自语。为了别人活着，为了工作学习，为了活着吃饭，为了找到自己的存在感而活在世界上，只是为了在世界上找到自己的位置，拥有继续活着的真实感。

她就这样错过了窗外的春暖花开，她就这样，为了一点小小的存在感而活着，为别人努力活着，实际上那也只是活着的借口。

她渴望梦的颜色，她曾窥视过别人的世界，那是她小时候的好朋友，就住在她家对门，她俩经常坐在楼梯上聊天，与其说聊天不如说是两个人坐着，因为对门与她的对话也只是一问一答，当然她永远是回答者。但她一直陪着她。

有一天，她的对门睡着了，她没有出声，静静地看着她的睡脸，就像是注视着澄净水中的鱼。她看到了甜美的笑容，那笑容，那么甜美，仿佛比所有糖都甜蜜，比所有浪漫都美好。像沉浸在歌声中。

她在那笑容里看到了颜色，淡雅的颜色，像爸爸妈妈说的西方极乐一样。那种颜色，并不华丽，温馨得可以将一切肮脏变得纯洁，像盛开的花朵一般，桃花般的颜色，樱花般的颜色。

太耀眼了。

多年后她想起了她窥视过的那个梦。

虽说是窥视，更像是小偷吧，本来自己不能拥有的东西，根本没有的东西，却还是想要拥有，想要跟别人一样，拥有自己的梦。但梦能偷来吗？

当然，多数的梦人们醒来后都会忘记，或许她只是将所有梦都遗忘了，她想她的生命中容不得过多的颜色，灰色调就很好了。

我们都是有梦的人，也都是在追逐梦的人。

这个梦，遥远或触手可及。

做梦的人，其实是孤单的，梦可以提供一个不负责任的空间，可以填补内心的空洞。

追梦的人，在梦中寻找美好，寻找未来，寻找更加理想的生活。

而不会做梦的人，其实也是我们……

鸽子与飞翔

回忆将近期末那会儿，所有的人都在紧张地复习，大多数学生已经没有太多闲暇时间去在走廊里溜达了。但是那一天窗台边上聚集了许多人，让人感觉到诧异，而且许许多多好学生都在那里，平时除了学习就是学习的学霸竟然也围在那里。凑过去才发现实验中学的鸽子在阳台上下了两个蛋。

实验的鸽子可以说是其一大特色，在运动会、学校活动、军训总结之类的大会上，有一个必要的项目就是放鸽子。把鸽子装在笼子之中，打开笼子，此时此刻，数以百计的鸽子冲出樊笼，向自由的天空飞翔着，许许多多倒霉的同学脑袋上挨了鸽屎的轰炸，对着天上影子越来越小的鸽子破口大骂。

鸽子，让我联想到很多。鸽子代表和平、自由，鸽子外貌真的很吸引人，不像乌鸦那样让人感到厌恶，也不像大鹅一样笨拙，没有天鹅的虚荣，也不像小鸟般只追求安逸。它们擅长飞翔，它们热爱飞翔，却又离不开自己的老巢。

平时它们一直被锁在笼子里，拥挤着，相互践踏着它们的排泄物。代表着自由与和平的鸽子被锁进笼子中，我们不忍对其产生怜悯和哀痛，本属于它们的天空渐渐变得暗淡的灰色，翅膀渐渐变得单薄，胸肌渐渐萎缩。它们变成了吉祥物，象征自由和活力，此刻却在笼中，仰望外面的世界。

很可笑吧，就像是我们一样。

那只母鸽子在四楼的阳台产下了两个蛋，比鹌鹑蛋稍大一些，洁白靓丽，油光光的看上去很好吃的样子。公母两只鸽子轮流交换孵化，不知过了多久，在期末考试之前的几天，两只羽毛稀少的小鸽子破蛋而出。

实验的学子们看着新的生命非常激动，许多人被小鸽子的可爱所征服，死气沉沉的期末复习，因为新生的鸽子而展现出活力和生机。这两个小生命带给我们夏日里的一丝欢快，大家都喜悦地看着它们一天天长大，长胖，长出稀疏的嫩黄色的羽毛，注视着它们睁开眼睛，懵懂地看着它们的爸爸妈妈。

从此以后那里成为了许许多多鸽子孵蛋的地方，许多人围观在那里，称那些鸽子是自己的子子孙孙，貌似我的一位同学已经成为一对新生鸽子的太爷了。

可是没有人会想到那些鸽子们的命运吧。

它们生下来就注定要接受命运的挑战。可能会碰上哪个坏小子，在它们还没睁开眼睛的时候就结束了它们的生命，可能会遇上疾病，可能会因为父母的意外而被饿死。就算它们成功地活下来，也要在经历飞翔的痛苦与喜悦之后回到它们的笼子里。

它们的粪便会加速学校钢筋混凝土的氧化，会拉在校长的奥迪车上，会让清洁工们苦恼，所以等待自由的是黑暗的臭气，漫天的鸟笼。

鸽子是自由的象征，属于天空，可是此刻，自由被关押起来，丧失了活力，丧失了它们应有的天空使用权。

所以呢，我们是不是对我们自己的命运感觉到可悲呢？我们学啊学，最后连我们学习的初衷都忘记了不是吗？我们的自由呢，我们的权利呢，我们的翅膀呢？！那些东西早就被教育的锋尖刺破，丰满羽毛被剪碎，眼神渐渐变得迷茫，那曾经能够俯瞰的风景已经需要仰视了。最终，在鸟笼中苟活？在鸟笼中让自由成为渴望？

鸽子们在流泪，我们看不到，它们或许宁可去死也不想要此刻的束缚，其实我也一样。但是我们怎么可能像一个动物一样死去，我们的父母，他们老了上不了班的时候需要谁来养活，我们的国家，需要谁来保护并让她发展繁荣。

当我看着新生的鸽子，脑袋缩在自己的胸中，依赖在成年鸽子身旁。

慢慢地，感觉它们渐渐渴望天空，渴望丰满的羽翼，渴望自由，离开父母和窝的束缚，但是现实终将是残酷的。它们渴望飞翔，渴望的是骨子里所追求的自由。

但接受囚徒的命运，经历悲伤与痛苦的捆绑，多少梦想不能去实现，最终堕落成毫无梦想和希望的鸡鸭，家禽。

鸽子们正遭受着这样的命运，一些被关在笼子里当成象征性的摆设，还有一些天天看着自己的同伴们被抓走，拔去脖子上的毛，听着它们无助的哀鸣，却只能低头麻木地啄食着地上的苞米。是的，人们渐渐喜欢上烧鸽子这道菜，味道鲜美，肉质细腻，更满足人们内心对新鲜事物的渴望。

我们学生，天天生活在所谓的阳光下，从来都是自由的使者，自由的后代，祖国的花朵。还有那么多辛勤园丁正在精心浇灌我们，为了让我们这些幼苗不断健康地成长，最终能展翅翱翔。

我看着鸽子，仿佛看到了我的命运，我们的命运，看着鸽子正在努力地成长，努力地渴望飞翔，上课铃声响起，数以百计学生蜂拥挤进教室，没有人再在走廊中游荡了。

只能咽下黯淡的忧伤，祈祷着鸽子们能够像曾经那样，健康，自由飞翔。

我在想是否若干年后，飞翔会仅限于飞机、火箭和导弹了。

如果鸽子放弃了飞翔，忘记了飞翔，会不会有那么一天，我们也一样放弃了思想，忘记了希望。

牢记要深藏在心的密码

校园的小树林，一对情侣手牵着手在草丛中散步，男孩突然抱住女孩吻了下去。

“呜呜呜，嗯？”

“不行，这里的话会被发现的。”（作者鸡皮疙瘩已经掉地，此场景略过）他们不知道什么时候开始交往了。这些，在学校里也算是常事。

于是他们开始敞开心扉，一起讨论学习上的不解，讨论家庭的纷争，讨论身边发生的事情，讨论身边的每一个人。渐渐地他们无话不谈，两颗心灵仿佛要就此重合并融化。

一次同学的生日 party，女孩在男孩喝多的时候问了一下男生的 QQ 密码，男生喝多了，没怎么在意就给了她，于是故事就此展开。

QQ 是校园里最流行的联系工具，在如今这个信息发达，3G 信号广阔的时代，打电话都即将被语音沟通取代，QQ 取代了朋友之间的短信，取代了小学生过节的贺卡，取代了初中生传递的情书。

有无聊人士透露，一个正常的高中生如果不定时刷

QQ空间的动态，如果别人给你发QQ而你却看不了，都会接近疯狂的状态。可以说QQ是这个时代高中生不可或缺的联系方式。当然QQ中也有很多秘密。

女孩上了自己男朋友的QQ，发现他的QQ中有好几个自己不认识的女生，备注都极其让她看不下去，什么雯雯、悦悦、小鑫、宝贝，看照片长得都很妖艳。她翻开聊天记录发现自己一直以来都十分信赖的男友，竟然和许许多多女生有着暧昧的关系。自己对对方敞开心扉，无话不谈，对方却背着自己找了这么多备胎。

如果用吃醋来形容手机前这位咬牙切齿的女生简直是不切实际，这明显不是吃醋，而是愤怒，被别人强灌一瓶醋似的愤怒。她跟那几个和他有暧昧关系的女孩们打了招呼，对方热情的回复让她瞬时间无法全部回复。

泄露密码之后，男生找到自己的发小（此环节为真实情况），对他说："昂哥，你觉得自己的嫂子是个什么样的人？"（学校男生之间见着朋友的对象都叫嫂子，所以先叫昂哥后叫你嫂子也就这么解释了）

"……"

"我跟她闹掰了，要分手，求给建议。"

"哎呀妈呀！你昂哥我可算等到这时候了，尼玛这嫂子……他妈的看看她那矫情样……天天让咱俩帮她跑腿买吃的，天天挑三拣四，天天无理取闹，没病作病，早就该分了，分手了好！你昂哥重新给你找一个。"

"呵呵呵呵呵呵呵呵呵！"

之后的事情可想而知，世界上又一对甜蜜的情侣展开了激烈的舌战，最后女方扇了男方一个大耳光，男孩怎可忍气吞声，还了一个耳光。之后的剧情请咨询泰剧韩剧香港剧肥皂剧的编导吧。

“啊，你打我！我告诉我妈！”

“你妈咋生出你这个泼妇！滚吧，老子去找雯雯悦悦小鑫和我大宝贝去！”

昂哥说错做错了什么吗？他成了幸福支离破碎的导火线了吗？不是，主要是错在这个QQ账号的主人，怎么那么容易就将QQ密码说出去了。

回到韩剧泰剧恋爱剧，打情骂俏肥皂剧。那些风流的男人，那些夜不归寝的男人，都是在睡着或者洗澡的时候，自己老婆翻开他们的手机，发现那些不可告人的秘密，那些神秘的短信，最后发展到激情四射，火光冲天的离婚，然后在男主与女主历经千辛后，发现不是每瓶牛奶都是特仑苏，重归于好，走进婚姻的殿堂，啊，多么美好。有个笑话，女人在老公睡着的时候闲着无聊，给10086的智能小龙人（人工ai机器人）发短信：“亲爱的，我想死你了。”过了半分钟，对面回短信：“死鬼，想我不来找我，今晚老地方见。”（看懂勿乐抽）

而如今的高中校园，只需要一串密码，就可以用自己的手机，看别人的风流。

换句话说，QQ密码对我们的重要性就跟银联卡密码对成年人的重要性。

许多人感慨，千万不要看自己男（女）盆（朋）友的QQ，那样只会让自己更伤心，让两个人距离越来越远。

英雄联盟之坑

英雄联盟，简称撸啊撸，成为了全世界最火爆的游戏。学校里，英雄联盟的狂热浪潮一波比一波高涨，许多人都听撸友形容精彩的对决，默契的配合，强悍的操作和那些名字能让人充满幻想的英雄。就在众多学生加入了英雄联盟的行列，准备和基友一起撸的时候。

让我们讲讲英雄联盟里的坑。

××市机关×小

小明（小学数学题里最常出现的角色，历经数十年还是小学生，买过1.5亿只香蕉，吃过2.6亿个梨，从哥哥那里抢过3亿个苹果可绕地球205圈，走路总行程达到10.8亿公里，哇噻好厉害。）在同学那里听说了英雄联盟，也经常听自己的哥哥舅舅讨论，于是用爸爸的电脑下了个英雄联盟。

就在要登录的时候，需要输入身份证和本人的真实姓名，必须满18岁。他翻了半天爸爸妈妈的身份证，终于找到了，确认身份后，他开始了游戏。先是起名字，起什么名字啊，有了，就叫“美羊羊爱上灰太狼”吧！

啊，这就是小红（教科书历史中小明的青梅竹马，牵红线的人啊！好浪漫）昨天说的盖伦啊，听说可猛了，打一把人机大战吧！

结果，人机坑了，无法形容战争的悲壮，被简单人机打得屁滚尿流。小明想着，哦，反正人机坑了，不如去坑人吧！于是他开始了匹配，也就是人和人打，进去之后发现自己的盖伦被别人秒选了。

“喂，2楼，盖伦能不能给我！”2楼对面毫不犹豫地确定，也就是说他不能选盖伦了。“……把我的盖伦给我！”骂了半天他只好选了个寒冰射手艾希。

“嘿，艾希这玩意儿能射箭呢，也好酷啊！”

画面切换到他队友的屏幕上。寒冰射手送了一血，寒冰射手，敌方法外狂徒击杀了寒冰射手，敌方赵信击杀了寒冰射手……寒冰射手这样的小学生，那些用盖伦，用剑圣的小学生，不去好好读拼音，不去学习看喜洋洋与灰太狼、巴拉拉小魔仙、虹猫蓝兔十万个为什么，而是来玩英雄联盟，不是去打人机而是来打匹配。

现在广大撸友强烈反对小学生玩英雄联盟，前几天重庆警察叔叔在网吧抓到四个开黑的小学生，带入局里，严惩网吧。为人民和广大撸友，广大高中生广大高玩做了精神的支持，小学生们已经严重影响了英雄联盟的游戏精神和游戏环境，更可怕的是像小明这样起着“喜羊羊爱上红太狼”的小学生竟然在游戏中用语言攻击队友，识字不多骂人话倒是认识。

这种坑真是伤不起。

希望各位叔叔阿姨管好自己的孩子，别让他们玩英雄联盟，让他们多感受生活的美好而不是在电脑前浪费美好童年。代表广大撸友表示最诚挚的谢意。

高中校园里，一对刚刚开始相恋的情侣，发誓要永生待在一起。现实的残酷绝非儿戏，命运的航程注定不会一帆风顺。但是他们都相信对方有着任何风雨都要共同承担，就算世界毁灭也要死在对方怀中的信心。

就在这男孩想要玩英雄联盟的时候，女孩对他说：

“用我的账号玩吧！”

“哦，好，但是为什么？”

“这样每一次你玩的时候都会想起我啊！”女孩笑了笑，男孩也笑了笑，反正都是玩。

于是男孩玩上了英雄联盟。他用女孩的QQ建立了新号，从一级开始玩到满级，刚开始他玩盖伦，玩剑圣，蛮王赵信，被别人骂作小学生，其中也有诸多不快，但是胜利的快感是可以弥补那些不快的。

渐渐地，日子一天天过着，他一步步从无名小卒到白银，到黄金，最后到钻石。钻石的称号就意味着，别人会称你为大神，别人会在远处眺望你却遥不可及。他花了好几千块钱，买下了许多皮肤，买下了所有英雄。

而就在他成为大神之后，他的后桌，一位腼腆的女生也开始玩英雄联盟。起初他没太在意，只是看到后桌在看英雄联盟的视频，也没多问。有一天，他的后桌不好意思地问他：“那个，请问，你会玩英雄联盟吗？”

男孩眨了眨眼睛：“嗯，算是吧！”

于是男孩陪后桌玩起了英雄联盟，女孩很坑（大多数妹子玩联盟都是坑）但是男孩从不抱怨。日复一日，男孩和后桌建立起了无法阻挡的默契，女孩仿佛是他肚子里的蛔虫，知道他下一步要做什么，了解他的一切意志。渐渐地，男孩对他女朋友的话越来越少，不再像以前那样关心，不会再花言巧语哄她开心，他似乎找到了真正的心灵伴侣。

而男孩的所作所为都在他女朋友的眼中，看着男孩和后桌关系越来越近。直到有一天，男孩对他的女朋友说了一句话。说那句话之前她还是他的女朋友，说完之后她就成为他的前女友。

分手后周末的一天，男孩和后桌像往常一样，打电话邀请一起玩英雄联盟，只不过男孩叫后桌老婆。

男孩打开游戏界面，输入用户名，输入密码。

咦？

“您的密码有误，或许是因为键盘大小写开启，请重新输入。”男孩试了一遍又一遍，怎么也打不开。

男孩想起一年前的那个夏天，风吹动着前女友的头发，她对他说，用她的账号玩英雄联盟，这样每一次他玩的时候都会想起她。

男孩顿时泪流满面，抄起手机拨给前女友，电话接通了："亲爱的，我还是舍不得你！我最爱的还是你，为了你我可以放弃一切！"

十年树木百年树人，没有面包的爱情是不会长久的，女孩真是用心良苦。其实男孩舍不得的不是前女友，而是她的账号，因为自己一年的心血全在那个账号里。他始终不会忘记女孩说的"每当你玩英雄联盟的时候就会想起我"。放下电话，男生心中默念："靠。算你狠"

真实的故事，坑不坑？

我希望还有光

半年前，酷暑。黑龙江虽是中国最北端，但炎热还是蔓延在空气中，流淌在血液里，思维如同在暴晒下走路的双腿，缓慢而吃力。六十多个高中生，就挤在没有空调、电扇的教室里听着学校广播宣布缩短暑假，延长寒假的通知。

大家没什么怨言，暑假短了寒假长了也不过是先后问题，想想这样就算了。可是到了半年后——寒假的今天。

早晨，刚从床上爬起，假期的懒觉真是不可多得，睡觉简直是高中生的幸福，睡懒觉就是奢侈了。打开手机一看空间和群，发现全是同一个内容，大庆实验中学提前开学。

震惊了！当时明明说是 3 月 3 号返校开学，结果却提前到 2 月 16 号，整整提前了半个多月，而且是在 2 月 10 号通知。这也就意味着，我们在过完正月十五就要屁颠屁颠地背着书包去学校无法享受懒觉和赖床，告别电脑键盘，去享受教室温暖欢乐的阳光吗？我靠，你是在逗我。

空间顿时被爆，所有人都指责这种无情无耻无理取闹的行为，就在这时我才意识到我现在在海南的兴隆，机票订的是20号的。头疼万分，想死的感觉，想撞墙的感觉，想跳楼的感觉交织着，像蛇一样缠绕着我的神经。

看看他们的QQ，发现有许多跟我相似的人。有的跟我一样在海南，订的票都是20多号的，春节后，海南往外飞的机票确实太紧。有的同学在国外，大半夜听到这消息连觉都够呛能睡着。可乐的是我有一哥们儿，昨天刚刚立志要当学霸，跟我们发誓说，不碰QQ，不出家门，手机关机，专心刻苦学习。结果班长通知了半天也没给回信，真去当学霸了，太点背了，会被记处分吧。这样在海南也回不去的我，心倒是放下了一些，至少还有几个垫背的。

后来听说，学校用了个政治手段，校长开会的时候说:“实验中学遵循一个原则，就是不会第一个提前开学，如果有其他学校提前开学，我们才会提前开学。”

而大庆四中在暑假时因为维修学校提前放假，寒假正常开学，于是我校抓住了这个空当，成功并不要脸地履行了不第一个提前开学的承诺。

实验在大庆是数一数二的高中老大，没有之一，是最强的学校。实验提前开学，其他学校一定会担心受怕，估计其他校长不是被吓得半死就是提前开学，因为在他们眼中提前开学意味着获得更多知识。

如果受到了欺压，人民一定会站起来反抗。实验广大同学在QQ空间、微博微信、人人贴吧呼吁同学们一起反抗，并热心地留下市里的教育局电话、省里的教育厅电话、市长热线、晚报电话、电视台电话。

众志成城在这时体现出来，大家都为自己的假期出了一份力。我也是，我拿起电话，拨打了大庆市教育局的电话。

“你好！”

“你好，是教育局吧？”

“对！”

“我要投诉实验中学提前开学，违反市教育局规定。”

“哦，你是来说这个的，正在处理，谢谢！”

“喂等等！”

“嘀嘀嘀……”

太明显了，明显就是串通好了的，这有多阴暗，就像哪个警察局长不认识几个黑社会，哪个当官的不认识几个做买卖的。这都是自己人，一家人从不说两家话啊。

之后我打了省教育厅的电话，“嘀嘀嘀”，没人接。

打电视台和晚报电话。“对不起您拨打的电话正在通话中，请稍后再拨！”

正义在哪里???

我们来想想，国家天天提倡幸福，提倡正义，正能量，而如今连一个能站出来替孩子做主说话的人都没有。我们脆弱，没有强硬的后台，我们本以为我们的学校是我们坚实的后盾，但没想到最后被人卖了还帮着数钱，跟傻逼一样像驴一样学习着为它做贡献争荣誉结果得到的是没有的安全和依靠。

我又刷了一下空间，看到一个新的投诉电话，拨打电话以后，对面沉重的声音说道：

“喂？”

“你好！我要举报大庆实验提前开学。”

“你们他妈有病吧？”

哇靠，身为一个政府人员，打着为人民服务的幌子来这里骂人？对面传来：“我都说了多少遍，我不是教育局的。”

哇靠还敢推卸责任，太可恶，太令人恨之入骨了。

“老子要投诉你们，老子连你们一块儿整。”到后来我才知道，这个只是张大爷的电话。张大爷是一位热心网友的仇人，他们之间经常发生口头矛盾，所以这位机智的网友想到如此妙计来祸害张大爷，此无聊之举真是可敬可佩。

之后，空间上，出现了这样的话。

“哦不，我现在在一个小山村，没有任何通信和交通工具，网上的什么信息，我都收不到啊！而且这里刚刚暴发了山洪泥石流，惊动了沉睡几千年的死火山，还造成10级地震，引发了大海啸。总之，记住，我在一个偏远的灾区，没有十天半个月无法与外界联系，我只知道3月2号回去。大家放心，我3月2号保证返校！绝不迟到！！！”

评论：11：sb

21：同上

31：同上

41：同上

第二条奇葩动态：老师，我才听说那个十天一趟的拖拉机坏了，咋这么不是时候，我还想回去学习呢，于是我骑了一辆破旧的自行车，车链子都没油了尼玛，火速回蹬，不巧中途遭遇泥石流，眼看就要向我袭来，我拿起书包跳下自行车，衣服裤子都卡破了，我以为安全了，可是一块大石块向我飞来，我急中生智用满是作业的书包挡了一下，自己伤得也不轻，作业被砸得七零八落。泥石流要来了，我保命要紧，生命诚可贵，留得青山在不怕没柴烧，我自己的命才是最重要的，在紧要关头我没有救出作业，我知道书本救了我一命，老师我现在正在艰难地一步一步往回走，我一定能走回去。老师，如果你看到一个衣衫褴褛的小青年，那就是我！

评论：1l：sb

2l：同上

3l：同上

我：这个故事告诉我们，知识改变命运……

第三条奇葩动态：你来实验不是实验请你来的，就算你nb，拿着补助也可以不来。你不想开学就叫你家长请假休学，理由什么的，你看看你爸妈咋说。不愿意早开学我理解，你来贴吧说个什么？是，贴吧言论自由，你盖个几千层有啥用？你选择的是实验，不愿意待就走人，没人拦着你。

这是一个高三大哥发的。高三的假期只有15天，要我们陪着他们一起上课当然乐意。

于是，高二的混子们很不爽，非常想和这位大哥套套近乎，非常乐意帮他解决生活和精神上的问题。就这样。

我们打了一上午电话，能打的都打了，我们真的尽力了，大家都为了自己的假期争取着，努力着。我上高中以来还头一次这么努力。

如果你对我们说，暑假缩短，寒假正常，我们虽然难以接受但绝对不会有太多抱怨和抗议，而如今的事态是赤裸裸的欺骗和不尊重。

为人师表，应该以诚信为原则，一举一动都应该成为学生的榜样，难不成这是让我们学生学习如何毁约，如何不讲诚信？

站在社会的立场上，这不单单是开学早晚的问题。这是一种严重的社会现象，道德的沦丧，诚信的缺失，让我们的生活毫无安全感，毫无规律性，就像吃了这顿没下顿，过了今天没明天的感觉。

我个人观点，我们可以多上课，但诚信、道德、中国传统的信义，是坚决不能在这个世界上消失的。我在希望拥有半个月假期的同时，真心希望这个世界拥有希望，可以与邪恶，可以与欺骗为敌。

正义，坚决不能倒。诚信，必须成为每个人做人做事的信条。

我希望这个社会还能有光。

真实的故事。

叫他粉姐

我相信他会希望我用她来叙述他，他是一个活在我身边的人，一个真实的人。

本文章内容绝非虚构。

当时他很抢眼，看上去像个男生，很胖，脸也很圆，但是嘴唇的小巧和皮肤的洁白都让人讶异，粉色的眼镜，粉色的衣服，粉色的鞋子，粉色的围脖，于是同学们很长时间都不知道他的名字，因为我们都管他叫小粉，他也很欣然地接受了。但是最后我们发现，他的属性也是粉色的。

每次男同学们开玩笑时都会说他像个女的一样，他不但没有生气，反而嫣然一笑。那一笑，意味深长。

渐渐地，同学们发现这个叫小粉的娘娘腔竟然没有去过我们教室所在的三楼男厕所，好奇的同学在下课后跟踪他，发现他总是溜到五楼上厕所。五楼是教师的办公区，人烟稀少，更重要的是，男厕所大便池之间是由塑料墙壁隔开的，看上去就和女厕所一样。后来我才知道他为什么去五楼上厕所，总之可以确定他不是不上厕所的外星物种。

之后他总是成为班级里的焦点，他被人注意了，他太像是女生了，经常对着镜子梳理自己不长的头发，从眼神中透露出对自己的满足，甚至看到了对自己的火热欲望。他没有长男人应有的胡子和喉结，这是真的。

每一次老师让男生去搬书，他都会安静地坐在座位上，无动于衷，而每一次老师催促他去搬书的时候，他总是会说:“我是女生！”没有半点的隐瞒和羞耻感。

军训时，每一次站队，他必然会站在男生与女生的交界处，就如同一个巨大的坐标，又如同界线一般成为男生与女生的分界线。当男女分成两排或是四排站队时，他都会站在女生队伍里，这时教官会把他从万花丛中揪出来，把他踢到男生队伍中，当然会带着同学们的狂笑声。

渐渐地，没有人再注意他了，不会有人拿他是女生开玩笑了，他的周围，失去了笑声，剩下的是沉默，寂静。

每一个知道他情况的家长，都对自己的孩子说远离他，男生家长说和这种人待在一起会被传染，女生家长说他是为了装女的而占自己女儿的便宜。没有人再主动和他搭话，甚至渐渐连问候都消失了，但他仿佛无所谓一般，依旧每天画着少女漫画，打扮着自己的，涂抹化妆品，依旧可以考全班第一。

日子，一天一天过去，人们猜想着这个戴着粉色眼镜框的人，从来都没有见到他学习，但是依旧可以考全班第一，这或许表明他很虚伪。对，他是伪娘，他就是想搞特殊化，让别人以特别的眼光看他。但是每当我们看到他化妆时那专注的表情时，这种念头不知不觉就凭空消失。他画得那么仔细，如同雕刻一件艺术品，他在意着每一个汗毛孔，每一丝肌肤，将化妆品涂抹得里一层，外一层。如此繁密的过程，就连周围的女生也要大吃一惊。

第二次月考，他又成为所有老师的议论焦点，他没有弱科，几乎每一科都是第一，神一般的学生，老师们多得奖金的摇钱树。他在身旁那些不怀好意的眼光和讨论声中继续画他的长篇漫画。

班长甚至怀疑他到底是不是男生，在一次办学籍时，收身份证复印件的时候特意观察了小粉的性别，结果黑色的印刷字体冰冷而整齐，性别：男。

一次偶然的机会，我坐在他的身边，那时的他还是心无旁骛地画着漫画，而我却对他充满了好奇，我心中积淀着许许多多的疑问，于是我开始发话："粉哥。"

"谁是哥啊？叫我小粉，粉姐也不是不可以。"出乎意外的轻松。

"那粉姐，"我看着他没有表情的面部，感觉他似乎是个放得很开的人于是直接切入主题，"你是男生？"

"讨厌，我是女生，不要侮辱我。"好暴的脾气啊！"虽然说现在，暂时还不是。"

"这，好深奥！"

"十八岁。"

"啊？"

"十八岁，我可以申请变性手术。"他的毫不在意吓得我呆若木鸡，小粉继续说道，"申请批准以后，我大概也就二十五吧。”

我只感觉下巴快要掉下来了，而他继续说了下去：“嗯，我充满了对未来的期待和渴望，我相信我的老公一定会很爱我的，我们会很幸福，生一两个小孩子也不会成问题。”

设想一下，黄昏，海水拍打着金色的沙滩，没过了一行细小的脚印，但脚印不是他的。夕阳下，一条细长的影子烙印在一个男人的心中，也不是他的影子，穿着暴露的泳装，美丽的面容，劲爆的身材，当然更不是他。这样一个女人的身后，一个满腿汗毛，体型硕大的侏罗纪时代生物（所谓的恐龙），眺望着大海与夕阳最后一抹余光的完美融合，陶醉在老公瘦小的肩膀上。虽然还没那啥，但是我即将那啥了。

“但是，你真的好像是女的，为什么？”

“啊，或许是因为我会定期注射雌性激素。”或许这是他没有胡子和喉结的原因吧？“……你的父母不管你？”

“我才不要让他们管我呢，我最讨厌别人管我。”

我如同打了鸡血一般，好奇心不断涌入到脑中，挤得大脑胀胀的：“你谈过恋爱吗？”

“谈过，和以前的初中同学，他很帅，风流倜傥，他也很爱我，不过现在他在东风中学，人各东西。”

“你们做什么了？接吻了吗？”我都感觉恶心了，但是他依旧面无改色地画着漫画。

“夫妻之间该干的事，全都干过了。”

我的下巴掉到课桌上了。

“不就是男朋友吗？有什么吃惊的。”

“我想问一个隐私一点的问题。”

“说。”

“你那里有多长？”

“那里？哪里？？”

“尿尿的地方。”

“哦，没量过。”好好奇那里会不会是吉尼斯最短纪录。

“你会晨勃吗？或者‘叶挺’？”

“什么意思？”

“你不懂？就是你那个地方挺了起来，就像是小鸟伸出脖子一样。”

“不懂你在说什么，反正这个我不知道。”

我像看着外星人一样看着他淡定的表情。下课铃打响了，虽然还有许多许多想要问他的问题，但是我应该可以大概地猜出来答案了。

最初我认为，他是个虚伪的人，只是要装出那种模样，只是想装纯而已，让别人拿他当女的，让别人保护他。但是我又感觉他真是一个生活在我们世界之外的人，拥有独特的思想，独特的见解，或许他真的会在二十五岁时成为一名女性，或许不会。

只是感觉我们之间好远，不只是我们，他和世界仿佛有着一层隔膜，一个等距离，如同磁铁同极一般，互相排斥着。他似乎又在排斥着自己，他讨厌那个男生的自己，喜欢女孩子一样的，美丽的自己。

我仿佛看到他正在远去，拖着肥胖的身体，和梦想。对了，我还没有问过，他的梦想，难道只是和老公幸幸福福地生活下去吗？还是就连他的梦想也是扭曲的？但是无可奈何，还是叫他粉姐吧，其实这是个病句。

有一天，不知是粉姐有意还是无意的，我看到了他写的一段文字：

我是个男生。降临到世界上的时候，命运就是注定的，因为我是个男生，所以我不可以穿裙子，不可以蹲着小便，不可以买好多好多毛绒玩具。

或许我已经忘了，从哪一天开始，我厌倦了这个社会，厌倦了街道，厌倦了每一天都对我指手画脚的老师和家长，甚至厌倦了自己。对，我就说我是一个女生，我想要变成一个女生。

或许是我不安于现实，也可能我就是想跟命运作对，我从内心强烈告诉自己，我是个女生。

是女生的话，我就能够把自己打扮得漂漂亮亮的，穿上连衣裙，走入到异样目光和歧视的世界中。

可能我憎恨着这个世界，所以我要跟他抗争。对，就像是贝多芬一样，但是我比贝多芬要强多了，我要改变自己的命运，扭曲自己的命运。看，我的人生就在我手中，我要拥有我想要得到的东西，性别，包括我的成绩，只要稍微努力就可以把那些埋头苦学只会嫉妒人的笨猪抛在脑后。

我就是不想走别人走过的路，安于现实，安于我男生的样子，男生的发型。我需要像女人一样，拥有女人的魅力，所以我要让胸部变大，所以我才会故意发胖，这样我就戴上胸罩了。我想要一个爱我的老公，同时我也希望自己孕育新的生命。

他们说我是隔路人，他们说我拒绝了世界，甚至有人说我是变态，是世界的残渣，还有些声音在说我就是艾滋病的来源。其实我只是想改变世界，改变自己的生活。我的人生应该由我自己决定，那是我的生命，要让它放光，放彩，我就算输给别人也不会输给自己，输给命运。

我看到了，我的路、我的人生和我的世界。他们在向我招手。

致逗逼

如果将一个土著人带到卢浮宫的《蒙娜丽莎的微笑》前面，他一定会不理解，为何一幅画需要用防弹玻璃与世隔绝？为何一幅画需要那么多精密的设备调节它的温度湿度，还需要配两个强壮的保安看守？

那只是一幅画而已，画里只有一个微笑的长得并不艳丽的女人。在他的眼中，《蒙娜丽莎的微笑》似乎连擦屁股都嫌硬。

所以，在土著人眼中，达·芬奇是个逗逼。

逗逼是个蛮流行的网络词语，什么是逗逼？就是那种做事过于滑稽而引人发笑的傻×，能做出异于常人的事情，能做出可笑的事情。

有人是这么形容逗逼的：我曾经想做一个幽默的人，可是我做过了，于是我成为了一个逗逼。

哈哈，有那么多的逗逼都那么有名。例如小学生都知道的伽利略，他宣称要让两个不同重量的铁球同时落地，当时的人们都感觉他幽默大劲儿了，或者是头脑短路了。达尔文不也是个逗逼，说人类的祖先是猴子，哈哈哈真逗。达·芬奇曾被称为疯子，因为他脑子里的设计图已经逗逼到能飞上天空，还能画出蒙娜丽莎这样平庸得不行的女人。

如果行为和思想不沿着当代社会的潮流而发展就是逗逼的话，如果一切都要规规矩矩像那些安于职守的人一样，不懂得打破和反抗，哪里会拥有科技的发展和思想的爆发？

人们只会跟着群众的浪潮，从群众中来，到群众中去，无时无刻不跟随着群众，而那些脱离群众路径的人则被叫作逗逼，那些拥有独立思考的人被人们称为逆反。

远大的梦想，注定不被平庸者理解，注定承载着孤独与不解，悲伤与痛楚。注定孤高，且崇高。

而历练，正是让一个个他们从逗逼走向伟大的唯一路径。

逗逼还在我们的生活中飘荡，人们会取笑他们，说他们是中二病，说他们智商有问题，说他们总是做一些无理取闹的事情。

我经常陷入不解，我经常问自己：到底是这个世界是逗逼，还是我是个逗逼呢？

致逗逼。

周末发呆

他已经发呆了整整一个小时。

放在平时上学的时候他绝对不会有任何抱怨，但是他不甘心，今天是宝贵的周末，本应该恶补美剧、篮球的，自己竟然在自家的板凳上发呆。

他感觉自己发烧了，但是摸了摸额头感觉并没有想象中的那么烫。要是平时上课的话他完全可以谎称自己发烧了而躲过一个晚自习或者下午的课程，但今天是周末，周末就应该好好利用，就算是真的发烧了也要意思意思地干一些应该做的事情。

虽说学生应该干的事情是学习，但是周末不去想学习是他的信条。他非常不喜欢学习这个东西，但是上课的时候他一定会认真听讲，作业一定会按时完成，剩下的他就不做什么了。他的父母对他的行为非常不满，他们感觉小孩子理所应当坐在桌子前学习，就像他们大人看电视扯淡一样理所应当。

他最近一直都在思考着一些事，或许他从天生就注定着要思考这些事：为什么我们要学习？这是他与别人最大的不同所在，他很好奇，所有人为什么都接受自己的命运，去学习，而不是去做自己想做的事情。

所以他与众不同，所以他是教科书里的反例，老师们的眼中钉，家长眼中的逆子，也是学生们眼中的混子。

说是混子，其实没什么可吹嘘的，也就是自己有个强壮的身体，见着一般的学生都能打过，再认识几个比自己更混的混子大哥，你就成混子了。混子，当然听上去很吓人，但是他知道那只是徒有虚名，因为当他在走廊里看到漂亮女生就会像兔子一样乖巧，钢铁般的眼神瞬间被融化。碰见教导主任的时候依旧像是孙子一样点头哈腰。而且有时候还会在打架的时候受伤。最严重的一次被空酒瓶子击中了后脑勺，当时他只觉得天旋地转，瞬间感觉躺在火辣辣的地面上，他对自己说着不能流眼泪，可是泪腺却丝毫不听从自己的意志，只觉得面颊流淌着两条冰冷的线。他忘了住了多久医院。

成了人们眼中的混子以后，上课自然是不能听的，趴在桌子上睡觉，玩玩手机 PSP 什么的才能体现出自己不同于常人之处。

回到了他的这个周末，还是星期六，来到篮球场，本以为自己可以在空中自由翱翔，打进华丽的进球。结果篮筐仿佛和他投出的篮球有磁铁的同极反应一般，往常能够轻松打进的球今天总是奇迹般地弹出筐外，防守队员的手倒是总是触摸到篮球。于是他一次又一次被帽，一次又一次地打铁，最后与自己的队友对骂，最后又垂头丧气地走回家里，嘴上抱怨着篮球筐歪了。

他又一次不知道应该干什么了，上天仿佛跟他过不去，倒霉总是和他平起平坐，幸运和快乐总是与他背道而驰。于是他开始了发呆，发呆了一个小时，只是盯着地板上的一粒灰尘。他把那粒灰尘无限放大，放大，看不清的时候就想象，他把那粒灰尘想象成宇宙，他在宇宙中看到了自己，在看着另一个自己，那个自己又在看着另一个自己。搞得有点像《盗梦空间》里的梦中梦。

现实与现实的重叠，让他吃不消，不过他坚信平行世界中的另一个自己此刻正在幸福与美满中生活。

他总是说：哥是混子，哥是混子。但是到头来，自己都感觉混子竟然是个连混都不会的生物。

他的哥们儿给他来电话，他猜到是要找他出去喝酒，于是没有接。他只是想继续发呆下去，永远沉浸在梦里，发呆的时候感觉真好，赖床的时候感觉也一样好，他这样想着，我这样能不能算是混呢？

混子，混子，只不过是想要追逐混的人，而不是处于混日子之列的人。他心烦意乱，不知道自己该做什么，想要砸掉身边的东西，把自己撕得粉碎，他发现他一无是处。

他真的与众不同，从小，他就试图着追求新的东西，他在小学时问数学老师为什么 1+1=2，结果老师气得让他罚站。正因为他的与众不同，所以他才会做别人不会做的事情，他逃自习课，他叛逆，谈对象、抽烟、喝酒、去网吧、去逛夜店，除了吸毒以外好像什么事情他都做过，就连少年管教所的许多人都成为了他的哥们儿。

他就是一个这样的人，他可以忍受贫穷的生活，但是不能忍受别人用看其他人一样的眼光去看他，所以他追求个性，所以他成为了混子。

心烦意乱，手机又响了，于是他把手机砸碎在地上。看啊，只要胳膊一抡，这个原本完好的手机就能成为碎片，然后成为小孩子们的拼图玩具。

昨天他忽然不想上学了，上学实在太无聊了，但是不上学的话父母说不会养他，于是他想要去找工作。

但是想到工作的问题他的兴致立刻黯淡下来了，他不知道他会什么。他虽然是个独特的人，但是经过十年来教育对灵魂的拷问，他已经和那些背着书包听老师话的人相差无几了，他忽然意识到自己除了经常干点出格的事情以外没有任何的长项。

呵呵呵，他笑了起来，眼泪又一次流了出来，但是他并没有刻意抑制，但是他忍着没有哭出声音。他咬着下嘴唇，最后干燥的嘴唇被咬破了，眼泪只顾着拖着尾巴。

他一开始最恨的，就是与别人一样。最后他却发现他比别人都废柴，他什么也不是。他心烦意乱，就算是摔碎所有的东西，抹掉所有的情感，这份屈辱依然深刻地存在于他的内心之中。

他在哭的时候想自己为什么变得像个人偶。

他过去总是大声地说：哥是混子！许多人感觉那很好玩，他也感觉好玩，因为他和别人不一样，他很猛，很牛，但是当他想要找到一项拿手本事时发现自己只剩下混了。

他的出生，注定着与别人不同的命运，因为他并不是个循规蹈矩的人，以后的路，他要自己去走。不知道他今后会什么样，虽然人们都对愁眉不展的他说，一切都会过去的，他的那些大哥给了他很多好烟，但是他不知道今后的路该如何去走。

这个周末他想了很多。

如今很多像混子一样在学校浮游着的人物，冷酷的外表往往藏着脆弱的心。

人类这个动物，越是弱小就越要掩饰。所以他把自己包装起来，假装坚强，实际上只是为了掩饰自己的虚弱。

这个周末，他的软弱暴露无遗。在自然、坦诚的面前，他叹息着自己的无力。

我们是命不是梦

高中生，会经常做梦，梦里总会出现好的东西，一些男孩子会做春梦，起来以后发现床单湿了，有些人会梦见自己躺在钱堆中，一些人会梦见自己成为了自己梦想所成为的人。

但这些梦，终究会被闹铃或者父母所打破，从虚拟的梦境中回到无聊的现实之中，顶着寒冷和困意背上书包上学去。那是生命中很痛苦的事情之一，被窝里的汗还没有消，就穿上衣服，叼着一块面包顶着寒风去上学。

我们每一天比着学习，就是为了实现自己人生的梦，每一个生命与生命都在学校里无情地迸发出火花，声音如同钢铁与钢铁相互摩擦一般。这里是学校，这里是梦的制造厂，可是梦想还要建立在其他人梦想的尸骸之上的。为了我们的未来，我们只能拼命去学习，拼命把别人踏在脚下。

这是我们的生命，这就是这里的每一个人的生命，在一直都与别人斗争为了实现梦想的生命。

但我们的命不是梦。

我们，存在于现实里，我们的许多梦想都不切实际，都没有边界。今天有人问我目标，人们说没有目标和方向的人是不会有出息的，所以每一个人都必须有梦想与目标，或许他们会为他们的梦而赴汤蹈火最终功亏一篑。

间操的时候，我们同学经常一同结伴去小卖部买面包，那个时候每一个人都很幸福，很快乐，左手拿着汽水，右手怀揣着自己的梦想，交流着自己的愿望和梦。

他们经常会梦见自己拥有荣华富贵，所有人都对他俯首称臣，几乎所有人都有这样的梦，这种梦怎么可能实现。有弱者才会有强者，只有在强者面前，弱者才会显示出软弱与无能，总会有人上人的，但是人上人是建立在别人的梦之上的。

课间操过后，教室又沉浸在充满杀意的冷漠之中，他们都会为自己的梦奋斗吧，或许有些人还沉浸在今天早晨没有做完的梦中，感觉像是回到了被窝里，将那个梦延续下去，持久地享受虚幻的快乐。

无论何时，我们都是一个摆脱不了的宿命，而不是一个随时都可以被叫醒的梦。梦是个虚幻的东西，就像个游戏，在游戏中，你可以牛逼地杀掉那些小兵，用华丽的动作征服敌人。而现实，可不是个好玩的东西，我们的命就是真切而沉重的现实。

我们是命不是梦，或许我们死前还在追赶着梦想，我们没准在死后也要追逐梦想。那梦，像一团光芒，在无边无际的黑暗中我们只能看到那光芒，刺眼，每当接近的时候，身体都会变得火热，嗓子都会略有干燥，那就是梦。

梦很空洞，我们的生命就是为了梦而存在的吧，但我们是命，不是梦。我们是能动的生物，并不是在黑暗包围下的发光体。

明明感觉这么近，但伸出手却抓不住，即便如此，纵然无法企及，也会在同一时间，仰望着同一颗星星，同一片天空。只要记得这份梦想，这份坚持，天涯亦是咫尺，我会继续奔跑，延续我的梦，以远方为目标的话，我的梦一定会实现，我梦到了永恒。

豪猪效应

豪猪是一种浑身长满刺的猪，听说看上去很可爱。

我记得史泰龙主演的《第一滴血 1》里有一个场景，一头豪猪浑身是油和尖刺，兰博从树上跳下去用长矛刺穿它的喉咙。可见豪猪在必要的时候完全可以成为人类的食物。但人类和豪猪的关系绝不仅限于此。

山里冬天的时候，想想都觉得冷，豪猪群必须靠在一起才能取暖。可想而知，豪猪和豪猪靠在一起身体上的刺就会扎到对方的身体中，而同时造成对自己和对别人的伤害。所以我想知道冬天的时候它们到底是靠在一起一把血一把眼泪地过着，还是忍受着严寒保持着一定的距离。哲学家似乎把这叫作豪猪效应。

还记得初中时候，闲暇时间看过几集电视剧《双城记》，剧情虽说挺无聊的，但是反映出了许多现实问题。一对恋人身处异乡，承受着寂寞、工作、欲望的压力，还需要维持着远在天边的爱情。

简直就像网络恋爱一样，让人没有安全感啊！包括风靡一时、收视率曾经稳居第一的征婚节目《非诚勿扰》。有多少人又因为距离而灭掉面前的灯。

人类的本质和豪猪是一样的，每个人都有着自己的刺，或许你只是想要保护自己而伤害了他人。抑或可能你为了接近他人而伤害他人，同时伤害自己。

最后豪猪这种动物本能地接受了一个现实，就是它们不靠得太近，也不离得太远，太近会互相折磨，太远又会受到对方和自己的伤害。

它们保持了一个既能够取暖，又能够避开他人尖刺的距离。

这段距离你可以理解为礼貌，可以理解为隔膜，可以视为美，也可以视为残酷。

豪猪找到了冬季生存下去的法则，而人类呢？

要知道豪猪这种低级生物只需要满足它的生存条件，只要拥有食物和适宜温度，他们就可以无忧无虑地奔跑。而人类如果只满足于食物和温度的话，现在还应该在森林里挂着树荡秋千。

人类有自己的欲望，有自己的理想。往往需要权力和地位，这种高高在上的虚荣心，也需要简单温暖的饭和床。人们需要交流、沟通，而这些，正好让我们身上的刺植入到其他人的身上。

相比之下豪猪简直太幸运了。

仆人的眼中绝对不会出现伟人。

人类该如何保持那样一段距离。太远了，我们会把持不住；太近了，我们会伤害我们想要保护的东西。曾经听到过有一种爱叫放手，豪猪的例子给了这句话完美的诠释。

然而中国目前还不会拥有发达国家良好的社会体系。

我们的未来，需要养育儿女，教育儿女，保护儿女，需要照顾老人，需要面对同事，需要讨好领导。人与人，毕竟那么复杂，那么多样，撒不开手也无法拥入怀抱。

豪猪依旧无忧无虑奔跑在山间，人类世界依旧车水马龙。

世界上有一道最美的距离，叫爱。

变质世界

真心希望同龄的青少年朋友们好好看看。

如果从你出生开始，你的父母就拿着变质的东西喂你，告诉你变质的食物就是最有营养、最美味的食物，久而久之你就会习惯。有一天你看到一个没有变质的汉堡包，你冒着必死的决心把它吞下，你必然会感觉难吃到爆了，世界上怎么会有这么难吃的东西，我靠！在吃完之后的第二天，你发现自己没有拉肚子，然后痛哭流涕以为自己得了绝症，仰天叹息明白了好奇心是个害死人的东西。这不是个悲剧吗？

世界变质了，你们知道吗？

音　乐

18、19世纪，欧洲涌现出一大批杰出的音乐家：贝多芬、莫扎特、柴可夫斯基、巴赫、肖邦……不计其数。创作出无数人类精神的瑰宝，给那个逐渐崇尚人性，崇尚现实和日常生活美好的时代，添加了亮丽的风景。

每当我在音响前聆听他们的乐章，都如同进入一幅幅画面，随着音符的波动慢慢陷入一个个情景中。寻找伤感，寻找力量与光芒。而如今古典音乐正在从我们的日常生活中慢慢消失。甚至我曾经用 MP4 听古典音乐被人嘲笑（我当然不会在意那种傻逼），古典音乐的力量在我的同学中逐渐，或者说彻底消失了。

上世纪的 80、90 年代，欧美又掀起了流行音乐、重金属音乐的狂潮，甲壳虫乐队、皇后乐队、迈克尔·杰克逊、鲍勃·迪伦，他们成为另一群耀眼的火花。歌词和吟唱之间充满了力量和年轻的活力，一次次让人瞠目结舌。世界人民痴迷着那样的音乐，在时而热情时而深邃的歌词和旋律之间，感受流水般细腻与海啸般的狂放。

20 世纪 90 年代和 21 世纪初，中国受欧美流行音乐影响，也掀起了国语流行歌曲的狂潮。崔健、郑钧、老狼、朴树，他们的歌声充满力量，充满着一个时代中国的故事，回荡着唐腔，和中国古老而悲伤的忧郁。那种震撼人心的旋律，灿烂多彩的天空，早已被如今咿咿呀呀的流行音乐取代。

他们的灵魂，似乎都在繁杂和喧嚣中渐渐消失，像纸飞机一般飘落在城市的角落中，游离着，只剩下些许人的赏识。

我看着如今这些歌手，拥有着美丽的外貌，内心却软弱无力，他们的歌，如同棉花、海绵一般，仿佛只是为了卖萌，他们的歌词，似乎只是为了哼唱而创作。

这个时代的音乐，变质了。

你们听着腐朽的歌，辨识着软弱无力的歌词。好在还有汪峰那样的力量与精神，支撑起今日的天空。

音乐走向了包装和炒作，真正的精髓，却如风中的蜡烛，似乎随时都会被潮流和庸俗扑灭。

我一直想找几个和我一样理解音乐的朋友，但是在音乐这领域我似乎一直很孤单。我的同龄人一直在听周杰伦弹棉花，一直在听王力宏耍杂技，一直在听exo……

我在想，如果以后我的孩子不懂音乐的话，他也会没有辨别地爱上当时的流行音乐，我会有多么孤单。

这个时代，
我们是否在耳机中，
失去自我？
迷失方向？

音乐是灵魂最美的赞歌，是生命最杰出的韵律，是人性最强大的精神力量，而不止单单是旋律和情感。

思　想

我从来都不他妈愿意写学校的作文。你们可以看看那些高考例文，每一篇都好像是从别人的文章里抄的。老师他妈的跟我讲第一段要怎么开头，要用什么比喻，什么排比，引用什么古诗……

所以学校留的作文我是从来不写的（考场作文没办法，但我总是低分段）。

一次语文作文课，老师要讲一篇周末留的作文，还发了6篇同学写的例文。

作文给了一段材料大概是这样的：

作者去了美国一家小镇的咖啡厅，他发现许多富人每次喝完一杯咖啡之后都会付两份的钱，然后说道："墙上的咖啡。"

服务员把另一杯新咖啡挂在吧台的墙上。于是他好奇了："啥叫墙上的咖啡啊？"

这时他看见一个流浪汉进了咖啡馆，流浪汉对服务员说："来一杯墙上的咖啡。"

服务员恭恭敬敬给他递上一杯咖啡。乞丐很自然地喝完咖啡后没付钱就走了。（注意大字不是白给的）

我的头脑在看到题目后飞速运转，暗笑道：学校终于出这样的好作文了，而发下来6篇例文让我想要揪掉脑袋上所有头发。

6篇，全都是赞扬人性的美丽，赞扬给予的美好，赞扬人间都充满爱与爱爱爱爱爱爱爱！

我顿时崩溃，我在想难道我的大脑跟别人不一样？？

为什么我想到的是，这个乞丐堂而皇之，心安理得的有多不知耻！人类应该注重自己的尊严，正视自己的节操，别他妈的跟婊子卖自己身体似的卖自己尊严，别跟强奸犯似的强奸不蒙脸！

是这些坐在教室里的人们疯了还是我疯了！我倒希望我是疯子！

如今的考试作文就是这样。生怕得罪了老师，生怕辜负了社会，想尽一切办法讨好政府和民众，想尽一切办法去抓分抓分抓分。

如果人无法正视自己的内心，而是违心写出那些给别人看的东西，那那些东西和垃圾没有任何区别。

作文应该是思想的一种表达方式。

如今的作文，我真是佩服。那些好孩子我想应该可以把20个字的《静夜思》写出400到500个字，我真心他妈的服了，这怎么能不让人佩服。我看了无数篇高考满分作文，感觉每一篇里都是浮夸的修饰词，虚伪的思想，而我的能力太弱了，只能把他们的高考满分850字作文缩写成40、50字！！！（我真是太弱了太弱了！）

我们把简单的东西变得复杂化，为了拿分凑字数用精美的花边修饰了破破烂烂的低俗小说，打上蝴蝶结，喷上香水，它终究是低俗小说。

人们思想已经变质了，变得为别人而思考，而不是为自己的内心而思考。

最后我们是否会为别人活着？

生　活

肯德基成为了正餐。人们为了追求钻石而努力挣钱，一见钟情就想厮守终生。城市不是安徒生童话，不会有能量生出金银财宝，生活不是林黛玉，她不会因为忧伤而风情万种。

那些拿着星巴克，梳着杀马特头型的男青年似乎很受女孩子们的青睐，那些开着靓车戴着豪表的人总是让人瞠目结舌。

我的一个外教在北京生活了两年后对我说：连麦当劳都成为我的正餐了！Noting is impossible！

你坐在北京东三环边的窗口前，看着车流 24 小时从不停息，不会感觉累吗？我认为生命的奔波，在于路途而不在于路程。你出去旅游不是为了拍张照证明自己到过这里，而是要感受这里的每一丝气息，体验这个地方的独特，体会它带给你的感受，否则你去 PS 照片不就好了吗？

我们的生活繁杂而凌乱，中国传统的社交关系让我们每天活得很累，因为 13 亿人口串联起来，各种关系会繁杂不清。

所以我们爱上听快歌，开快车，吃快餐。

我们的追求是什么？为了幸福去创造金钱、地位的事业。事业成功，再去征服女人，狂吃美食，游遍全世界。最后发现自己空虚得发抖，内脏好似无法散发热量。

生活变质了，归园田居不复存在，取而代之是城市人口、汽车尾气、生活垃圾生成的热风和嘈杂。

我今天吃了个没变质的汉堡，他们笑我没品位，我宛然一笑，拉肚子的不是我。

我希望这个世界充满防腐剂。

救赎

我们活在这世界上，我们以为我们为什么而活着？为了生计？为了尊严？为了活下去而活着？

我，无时无刻不反感并一直厌恶着学习生活，这并不是我内心的叛逆，而是与生俱来的反感。

我曾经不止一次想着为什么不放弃学习，哪怕去当保安，去做工人，去端盘子，去肯德基卖汉堡，去耐克推销鞋子。这些我都想象过也都没去实践过，而当我看到街边卖破烂的小孩子时我才意识到世界的残酷。

生活，是一座囚牢，每个人都是囚牢中的一分子。捆绑着，让人无法动弹，却又无法妥协。世界上所有人，被七情六欲所掌控，被快感所蛊惑，被儿女情长所牵挂，灵魂被打上牢固的枷锁。

听到许多人说当年：

当年我想要成为科学家，当年我想要成为画家，当年我想要当大老板……看到了现在的他们，我很好奇，为什么这些当年的愿望都无从实现呢？

回答各种各样：

时间不允许；我需要学习；现实太残酷，没时间；累……

打倒你的是什么东西，是时间？还是现实？

我们找的只是借口和理由。

当我们在睡觉的时候，已经有人比我们更早起床，去努力做自己想要做的事情了，或许是起来跑步，或许是多看几页书。

当我们还在兴致勃勃地看着电视里的NBA，玩着网游英雄联盟的时候，又有多少人在为了生计拼命奔波。

当我们感觉劳累的时候，还有人不停努力着，为目标奋斗着。

记者问科比，你为什么成功？

科比反问记者：你知道洛杉矶每一天凌晨四点的样子吗？我知道每一天凌晨四点洛杉矶的样子。

科比被叫作凌晨四点的洛杉矶，他每一天都四点钟起床训练自己的身体，保持强壮，这是他成为联盟中伟大的球员之一的关键。

当别人在奋斗的时候，我们在干什么。

贪图安逸和平和、胆怯。输给任性，贪婪，懒惰，畏首畏尾，把所有责任扔给上帝，时间，现实。

我们在等待着上帝的救赎吗？让上帝改变我们的命运？

而如果，
现实是一座囚牢，
那么也只有自己，
能将自己救赎。

你读到自己的救赎了吗？

男生学文

我记得很清楚，那是初中第一个学期的星期二，地理老师拖着长长的头发走进教室，那是我人生当中第一节地理课，比起我人生的第一节生物课和化学物理课，它给我的印象更加深刻。

从那一刻起，我的人生有了一个重大的目标——我要学文。我是要学文，但我是个男生……而且，即使是现在的文科成绩也考不过许多实验高中的理科生。

自从我第一次上地理课以后，我确定我要学文。第一节地理课，讲的是地球，老师带来了一个地球仪。老师讲我们所在的经度和纬度，告诉我们赤道、本初子午线，旋转的地球仪上，仿佛翻滚着波涛和云雾，咆哮在我的心中。

我高中要学文！老子要考北大！初中时我大声地对我的前后左右说。当然没有人会在意我的话，他们以为我一时起兴。

男生当然要学理，女生大多要学文。这貌似是分班的传统观念，他们说男生智商高，算公式很合算，而女孩子细心，灵活，记忆力好，适合学文。这种观念就像是中秋节必须吃月饼，过年必须吃饺子一般。而我这个人却比较得瑟，像是在中秋节吃元宵，过春节吃月饼一般。

对我上了高中文科班生活记忆比较深刻的一次，还是我人生中的第一次化学月考。化学老师是一个吐字有些不清晰的老太太，年龄应该都可以当小学生的姥姥了，她的口头禅是："化'鞋'不难，好好'鞋''税斗灰'。"她最大的特点是在课堂上只培养在她补课班上课的学生们，所以在第一次月考成绩发下来之前，她从来都没有跟我说过话，甚至不认识我的名字，更别提在课堂上提问我了。

第一次化学月考成绩是45分，记忆非常深刻，甚至比我人生的第一次地理课都要深刻，因为我人生的第一次化学考试的成绩，也是我人生月考成绩中的最低分数。那一天，本来要哭的我非常激动，因为我们的化学老师在我人生中第一次开口对我一个人讲话，虽然讲的都是些什么我给班级拉分之类的，但我还是好兴奋啊！

哈哈，第一次化学月考，又给了我一个人生第一次啊！！！

当然，这更加明确了我学文的意志，因为没有听过一次的化学课和没上过几次的物理课，还有我全年组排在倒数第一的生物成绩（不学习的同学乱蒙的，都比我分数高），让我没有学理的退路了。

就这样，中考满分240的理综成绩我仅仅得了140……

高中的第一个学期，还是有理科课程的，因为第一个学期并没有分文理班。当同学们有一天偶然知道我要学文的时候，都惊呆了，所有男生嚷嚷着："男生学文，动机不纯！"

他们可能以为我是本着文科班占全班大多数的女生而去的。真是很无奈，受不了那些男生，一提起我学文，就色迷迷地盯着我的眼神。

更加让我哭笑不得的是我们的高中物理老师。他是一名很优秀的老师，就连我这样的文科生都可以轻松地被带入到他的物理课堂。我人生中的第一节高中物理课，因为全神贯注地盯着老师讲课被物理老师误以为我是理科生。于是物理老师对我的误会慢慢变深了。

文科生在理科课溜号一定是情有可原的，但是每当我溜号，都会受到老师的提醒，每一次我在物理课上玩手机和看漫画，总是能被物理老师猴子一般的眼睛注意到，然后没收再在下课还给我。真是个好人，抓到违禁品还能还给学生，我被物理老师抓住了二十余次，后来我与物理老师之间的警察抓小偷游戏仿佛成为了同学们物理课上最大的娱乐项目。

终于有一天自习课，老师走到我的书桌前，看到我正在做的历史练习册，他抓起练习册质疑道："你学文？"

好惊讶啊，当时的我和他同时惊呆了："老师你不知道？"

从此以后的物理课，同学们再也没有以前供他们欢乐的娱乐环节了，因为物理老师知道我学文之后便开始对我睁一只眼闭一只眼了。从此，我也过上了幸福的物理课自由生活。

当我想到未来文科班的某些地方我就会头疼，我们的篮球赛怎么办，全班一共就十五个男生，有十个不会打篮球？我们的运动会多丢人，女生们取得了多多的优异成绩，男生们只能在旁边穿着性感短裙为她们加油助威？

我是个男生，我学文。许多人说我笨，我不是笨，我只是不愿意记忆那些扭曲的化学公式和反应条件；不愿意过目力的合成和蛋白质细胞肽键。我希望沉浸在昔日的历史中，反省过去的历史，反省我现在的人生；我希望了解经济、法律，成为一个有社会常识的人；我希望奔驰在平原上，畅游在海洋中。

我希望学文，并不是因为不能学理，我从第一刻接触理科时就感觉到不适，感觉到那不是应该归属于自己的东西。那些符号是那么陌生，没有生机，从那些符号中，我得到了什么？没有，那些东西没有给我的生活以任何意义。

文科的课堂丰富了我的知识，给了我冲出樊笼，领略世界的冲动和意义，让我了解我的生命，充满生机，充满巧合，也充满奇迹。

或许我要是个理科生，文科课程也可以变得一文不值了。或许是这样，学习了什么，什么就是有用的。我好奇怪啊，明明是个男生，智商也不能说差，但是我选择学文科。

男生学文，动机不纯。大家说学了文，大学就废了，工作也废了。但就算是我的人生变得一无所有，我还是拥有文科知识，拥有心中的世界，而且我还拥有从我人生第一节地理课以来，文科给我平凡的生活带来的不平凡的经历和意义。

抗日在校园

钓鱼岛的事情，炒得好火。去年秋天，正在加衣服的时候，满大街的本田、丰田的标志都被贴上红色的抗日语言。许多地方甚至出现了暴乱，砸车、烧日本商店这些无聊的举动，让人感觉实在没有意义。

而在学校里，这件事也被炒作得非常火爆。

大多数，几乎是所有拼命在操场上喊叫，呼吁用脏话骂日本的都是些瞎凑热闹的学习累了的人们，楼下的板报上贴满了骂大和民族的话语，不堪入目。

而我们学校一个叫作国防社的社团借机大肆宣传，攻破东京，搞个东京大屠杀什么的，但问题是他们是国防社啊！

许许多多学生为了装帅，主动号召学生聚堆当众砸日本手机、PSP游戏机啥的。有好几个猛人让人印象深刻。

一个猛人说："妈的小日本，欺负咱中国，看我当众摔日本手机，我要跟这些狗手生产的东西一刀两断！"

"好！！！！！"观众们起哄。

"哐当"一个近乎崭新的手机变成了碎片，无力地摊在地上。

“大哥，你这是三星啊！”

“三星不是日本产的？”摔手机的小子惊叫道，“啊……”

另一位大哥把家里的PS3带了过来：“谁稀罕玩这破玩意儿啊！粉身碎骨吧！”用尽全身力量向水泥地砸去。

“啊！！！！！”“哐当。”“啊！！！！！！”他哭了，并不是因为这个PS3太值得他留恋了。“砸着脚了！”

还有一位大哥：“都说日本游戏机结实，今天我看看它和水泥地谁结实。”

在砸完之后这个人也大叫起来，原因不是砸到了自己的脚，是因为我在旁边对他说：

“大哥，xBox不是索尼产的，别以为只有索尼才出好游戏机，xBox是美国微软公司的！”

“啊?！”

其实日本最希望看到这样的事情了，摔他们的手机，砸他们的车，照样还是会有中国人买，因为他们的产品确实比国产的破烂儿要强得多。

我们学校就是最大的实例，许多学生砸了手机，砸了游戏机。回家之后依然看着日历期待着连载的新番日本动漫，明知道康师傅是日本的企业之后，依旧去喝冰糖雪梨，吃会让人便秘的方便面。

我们学校就是这样抗日的吗？

那是一直有人在造谣，说日本即将占领中国，就像是“9·18”一样，第一场战役就在东北打响，大庆因为有丰富的油田一定会成为导弹的重点打击目标。到时候操场上就会泥土纷飞，教学楼就会支离破碎。

这个传言，有许多学生竟然相信了，编这个不就是为了让自己因上学而劳累的心灵渴求放假吗？

男厕所的门口被贴上“靖国神社”几个大字，一些人把日本首相的照片贴在小便池上，每一个人都在瞄准脑袋和大张着的嘴巴射击。

我们如此抗日，没有任何功效，没有任何意义。

其实这一小波的抗日风暴，绝对是为了消磨无聊的校园时光，校园的舆论传播和八卦新闻是传播得最快的，原因正是我们单调的校园生活，这些事儿也成为了我们学校生活的小小点缀。

如今，抗日风暴已经变淡了，不会一有人提起日本就会骂狗日的，骂小日本儿了。墙上的海报已经被打扫卫生的老大爷清理干净了，学校又一次进入了平常的、普通的，没有波澜的阶段。

想想有许多运动都是学生们发起的，大多数都是没事儿闲的掺和进来的，只要一开枪吓唬吓唬，大多数都会屁滚尿流。原因就是学习太枯燥了吧，这次的抵制日货计划彻底失败，证据就是临近期末考试的“大查周”里，老师们没收了许许多多的日本 PSP 游戏机、日本漫画，还有一些崭新的日本手机。

如此抗日，日本会越被抗越强大的。

我们的历史教科书

那是美国华盛顿的早晨，对于美国人民来说，华盛顿是令他们敬仰、崇拜的圣土，是他们宁可用生命去捍卫也绝对不让其他人玷污的心灵的净土。但是在这座城市的中心，坐落着一个可以让中国人仰天长笑，高兴得跳起舞，兴奋地指着衣服上中国的国旗，内心痛快不已的地方。我们旅游团的一个人就这么做了，但是我们马上就发现，周围的美国佬会用发红的眼睛怒视着我们，如同饿了两天的老虎看着一只羚羊，就像回到20世纪中叶，回到了那场战争，让这些素不相识的人毫无理由地相互厮杀的战争。这里是属于美国人民的韩战战争纪念堂。看着他们愤怒的眼睛，我突然回到了……

沈阳是个很大的城市，但是当坐着私家车进入这个陌生的城市，你汽车的导航坏掉了，你会觉得这座城市的无限大。在原地转了好几圈之后，爸爸神奇地将车停到了一个站着武警战士的铁栏前，在询问酒店方向的同时，我们看到了这个战士身后的几个鎏金大字“志愿军陵园”。这几个大字让我爸勾起了童年时邱少云、黄继光的回忆，也让我的耳边响起了志愿军军歌的雄浑与刚强。我们决定进去，因为我们对英雄充满着无限的敬仰与缅怀。

那个陵园仅仅给人凄凉的感觉，似乎已经很久没有人来纪念他们了，只剩下早已凋零的鲜花、龟裂的泥土和刺骨的寒风。但是我和我爸早已被这种庄严的气氛所感染，心中充满了对美帝主义的强烈反感与憎恨。他们毕竟是为了世界和平而做出贡献而付出生命的，他们是我们最最敬仰与深爱着的人。

在强烈的悲痛中，我们离开了陵园，汽车继续奔驰在没有车辆的道路上，远方灯火阑珊……

从梦境回到了现实，在那些美国人的眼睛中，我仿佛也可以看到他们的内心，他们的感受一定跟我那时庄严地站在志愿军陵园前一样，他们一定对我们中国人恨之入骨，一定会想，中国佬都是 shit 都是无敌变态杀人狂。如果美国的宪法中不规定杀人判刑的话，他们一定会在这里将我们统统宰掉，让我们的鲜血来祭奠他们死去同胞的灵魂。当初我和我爸不也这么想吗？

这是什么战争？这场战争竟然让两个民族产生了如此仇恨。我知道，我知道！

我又会想地球另一面那个遥远的星期五的下午，历史老师对我们说："中国志愿军，代表着人民的军队，不代表中国军队！它的出征并不影响我国的国际地位，况且美国欺人太甚，他们打击朝鲜的企图就是跟日寇一样侵略我国土地，让我们的新中国支离破碎……（此处略去一千字）"同学们都恍然大悟，原来这就是历史啊！美国人真的很可恶！中国真是太正确了，真是让我们中国人的尊严大大提升！

在导游的领导下，我们走到了那座纪念碑前，低头看见“freedom is not free”，意思是自由不是免费的。我就纳闷了，他们侵略朝鲜和中国的土地，让我们的亲人死去，让硝烟与战火在村民的屋瓦间纷飞，让无数无辜的生命葬送在他们的枪炮下，他们竟然还说是为了自由而战？我真的感觉这似乎是美国自己给自己在写一部具有美国幽默的无厘头小说。

但是一年后，一个外教的课程让我引发了深思，不偏不巧的，他讲的是他们眼中的韩战，也就是我们所说的朝鲜战争。我听得格外入迷。他说，美国的历史书，是这样讲述的，美国看朝鲜人无恶不作，乱杀无辜的韩国人民而挺身而出，成为了世界的耶稣，成为了救世主。但是残忍的中国人找了许多理由开战，最终，我们在三八线上下来回搏斗，最终，签署了停战条约。他忽然略带喜色地说：“我们的历史书上说我们是为正义、为和平而战。”但是忽然，他又略带伤感地告诉我：“最终，我们签了停战协议，我们想说我们赢了，但是那份协议证明着我们两个国家之间的战争根本没有胜负，只有人们的哭泣声，只有那撤兵的不快与辛酸。我们为正义而战。”“但是我的教科书上写的是我们为了正义而战”“真的吗？哦，这真是比较神奇的事情啊！”

但是当我翻开世界地图的时候，我仿佛看到了美国的坦克、飞机、大炮呼啸着向朝鲜逼去，扛着破烂装备的朝鲜军队只得连连后退，最后，几乎退到了鸭绿江边。这种状况在明朝好像也出现过，只不过那次的对手是日本，这次是美国。但是历史中不变的角色就是中国了，中国如同明朝一样，出兵征战朝鲜，而原因呢？我们不妨猜想一下，当朝鲜人民退到鸭绿江边以后会干什么。一定是来投靠中国，中国是他们亘古不变的靠山。可想而知，中国根本就不愿意让那些说话跟打仗一样瞪着大眼睛敢骂奥巴马的朝鲜人来到中国，于是，我们想要把美国佬赶回去。

其实我不明白这次战争改变了什么，有人说这次战争让中国和平了六十年，有人说这展现了中国艰苦奋斗、不怕困难为革命舍生忘死的精神。但是当一切虚伪的浮云飘散开去，留下的只有悲伤，和像华盛顿、沈阳这样的纪念堂与陵园。

战争是野心的表现，战争根本不需要理由，因为历史证明赢得这场战争的人无论如何都会名垂千古，成为正义、光明的化身，不管你用了多少阴险的手段，不管你让多少无冤无仇的生命相互厮杀，而失败者则会身败名裂，成为走狗，成为反人类罪的负面政治教材。这就是一直不变的真理。

再到后来，我发现这个世界上根本就不存在正义与邪恶，因为它们常常调换过来，正如同两个双胞胎，长得一模一样的双胞胎只有穿的衣服颜色不同，但是最终他们因为经常调换衣服而忘记了自己是谁。没错，根本就没有正义与邪恶，正义与邪恶一直只存在于动画片和变形金刚中。事实上，正义与邪恶，包括自由平等都是那些人编出来唬小孩的，根本没有任何实际意义。

在无数次回忆与现实的结合中，在美国人民恶狠狠的注视下，我们离开了韩战纪念堂，那纪念堂深深地嵌入地面，连结着华盛顿松软的土壤，滋养着每一个美国人对中国人的仇恨。两个民族本不应有仇恨的。朝鲜战争不是韩战，虽然它们在词汇的意思上是相同的，但他们的实质却是截然不同的。

我想，如果不是这一场战争，许多人不会死亡，或许我的身边还会多几个那些战死的人的儿孙。每一个人都在追求面子，追求国家的尊严，追求自己的领土，追求自己的金钱。但是有的时候，为了这样的尊严，人们可以从朋友变为敌人，从素不相识变成你死我活。正因为这场战争没有胜者，我们和美国的历史书才会出现截然不同的文字。也正是因为这场战争，人们建立起了关于韩战与朝鲜战争的纪念堂和陵园，去燃起一直传承下去的仇恨的火焰。

原本以为历史是明镜，结果连历史都可以像 PS3 游戏一样被改写成盗版、假货，清晰度和质量都和正版一样。

如果历史教科书都是假的，我们的现实如何变得真实，可信呢？

伸出你的手???

《伸出你的手》是一篇典型的考试文章，政府和学校最希望我们写出这样的文章。我们伸出手帮助那些贫穷的人，伸出手拯救那些地震废墟之下的人们，人间多么温暖，在最紧要的关头，总有一些人伸出手帮助别人，给别人关怀！啊，我要追随那些善人们的脚步，为祖国和人民做贡献！奉献我的人生！伸出我的手！

当然如果题目加上一个问号的话，意义大有不同，更何况加上三个问号了。

伸出你的手吗？社会上有这么一些人，总是向别人伸出手，但是这个伸手并不是为了给予，而是想要索取。这个集体就是乞丐帮，我们应该向这些人伸出手吗？

几乎每个城市的大街上，乞丐都随处可见，我们经常会在街道上走路的时候看到一个老头或是老太太，有时抱着一个婴儿，有时他们的肢体残缺不全，坐在地上垫着一个塑料垫子，手中抱着一个大大的说明，一般都是被儿女抛弃了，或者就是家里着火了，打工被坑了等等倒霉透顶的说明。

这些几乎都是骗人的，所以大多数路人都不屑一顾，偶尔会有一两个善良的小孩将自己省下的零用钱投入他们面前的破杯子中。硬币敲打着杯壁，发出沉闷的响声，像是在悲鸣，最后落入杯子中，或者触摸到瓶底，或者和其他硬币相互碰撞发出金属摩擦的声音，这种声音让乞丐们高兴。他们会露出金黄的牙齿，充满褶皱的面颊因为兴奋而颤抖着，会对你说阿弥陀佛，上帝保佑，你人生必有好报，等等等等。

十字路口旁边也经常会有乞丐，特点就是成群结队。他们会挑选红绿灯变换时间较长的十字路口，一般是两个人以上，在不同的马路上伸出他们的手，触碰汽车的玻璃，乞求车里人摇下窗户，送他们一些“温暖”。当然，能够从车窗中伸出手的人也不是很多，因为都知道他们是些货真价实的骗子，这是他们的工作，他们并不是找不到工作，他们已经找到了工作，要饭就是他们的工作。

在这个经济迅速发展的年代，同情和怜悯在随着人来人往，科技腾飞而变得少之又少，多数国人才不会从自己的腰包里掏出钱，去资助那些不努力、只靠贱卖尊严去生活的乞丐。

在日本，我们没有看到过乞丐，新干线门口，马路上，街道旁，没有一个乞丐。或许我们会认为日本的经济条件太好了，失业率低，是个和谐、法制的社会。事实上并不全是。

日本人把尊严看得比生命更重要，这一点是可取的，也并不是完全可取的。日本人宁可饿死在街头也不会出卖自己的尊严去换取苟活的性命。他们继承了古老中国舍生取义的精神，所以这里没有乞丐，很少会有人伸出自己黝黑肮脏、指甲里充满淤泥的手索取别人的怜悯。

而欧洲的乞丐则非常有趣。这些乞丐不会向别人伸出手，只是穿得非常朴素，抱着自己的流浪狗坐在街道旁边或是地铁站门口，甚至有些乞丐会有些孤傲地望着从他身旁走过的人们。他们不会拿出一张悲催的告示牌编造出虚假的倒霉事儿，不会悲痛欲绝地大叫着："可怜可怜我吧！"更不会伸出他们的手向路人们索取。他们只会安静地坐着，安静得就像是一座雕像，不论风吹雨打都不动弹。

感觉他们没有丧失尊严，仿佛给他们扔钱的人们才会丧失尊严一般。

世界上，总会有向你伸出手的人，一些人伸出手帮助你，一些人伸出手向你索取。但是世界上还总是有一些人，想要毫不费力地就让伸出去之前空空如也的手在抽回来时充满了惊喜、利益和恩惠。

美国的乞丐组织叫作伸手党，顾名思义，伸手要钱的党派。

面对考试的作文《伸出你的手》，学生们必须要写我们应该伸出手帮助所有人，只要人人都伸出你的手……

对于那些企图不劳而获的人，就算你伸出你的手，你以为世界会对他伸出手吗？

伸出你的手吗？？？

叹息 祈祷 忏悔 孤独 冷

叹息

意大利威尼斯吹着冬季海风，地中海气候让阴影中瑟瑟发抖的我，想起了故乡阴雨连绵的深秋。

穿梭在布满着密密麻麻水道的城市小桥上，看着太阳渐渐西下，那些倾斜的小房子的影子渐渐地拉长。咖啡厅的小牌子，被小巷之间不远万里而奔来的海风吹得摇摇欲坠。海面上波光粼粼，闪动着纯金的颜色，又如同威尼斯当地的特产水晶一般，散发着神秘而迷人的色泽。

穿过一条条水道，踏过一座座桥梁，我来到了天堂与地狱的相接处。

所谓的天堂与地狱，正是我面前的两栋楼，位于左边的是高大、洁白得一尘不染的漂亮法院，也就是高高在上的天堂；而位于右侧的则是昏暗、矮小、肮脏污浊的死刑犯和无期徒刑犯人的牢房，也就是永不见天日的地狱。在那里，他们将失去自由和阳光，他们的心灵将会无情地被那仅有的小窗户上缝补的铁栏杆紧紧地锁牢。

照相机中，这天堂与地狱的合影，正如同一个贫困衰弱的乞丐弯着直不起来的腰，看着一个高傲、英俊的贵族，还穿着擦得光亮的皮鞋一般的不协调。

而连接这不协调图画的景色，正是名满全世界的叹息之桥。

犯人们将通过这在法院与监狱内部相连的桥梁的窗户，最后看一眼美丽的威尼斯和远处的地中海，或许也是向站在对面桥上的亲人朋友挥手离别。当看到威尼斯美丽的风景和自己心爱的人之后，无论多么冷酷的人也会感觉到世界的美好与温暖，叹息自己的人生犯下了多么愚昧无知的错误，叹息自己早该去欣赏这样的美景。只不过，这是他们除了阴森的监狱以外见到的唯一的最深刻的景色了。

当残阳铺满叹息之桥时，我也在桥下叹息着。我叹息着如果那些犯人真的改过自新，真的体会到人与人之间的温暖与世界的美丽所在的话，他们也是可以改头换面的人。那是在浸入黑暗之前，所有人类本能地释放出的最亮丽耀眼的火花，也是一个人最真诚的告白与最圣洁的叹息。只不过他们只属于地狱，后悔已经来不及了，他们只能带着这最后的希望，最后的景色，最后的美好，走进最后只属于他们的地方。

叹息之桥是个悲剧通道，让人叹息。许多人知道了什么是美好，许多人不知道为什么而杀人，因为杀人而感到快乐的人此时才知道什么才是真正的快乐。

活着才是快乐，看威尼斯才是快乐，世界就是个快乐的会转动的球体。

只不过，这是他们的叹息。

迎着 2013 年 1 月 26 号威尼斯最后的一抹余光，残红消失在叹息桥上，海水的声音吞噬了这座城市白天的一切繁华，冷风不断从海面袭来，吹着两颊与耳朵，似刀一样。

威尼斯之旅在我们没有玩够的叹息声中结束了。

祈 祷

巴黎圣心大教堂，巴黎人心中最神圣的净土，也是世界上屈指可数的著名教堂。里面有着优雅环境，精美壁画，但没有任何人交流的声响，没有任何亵渎神灵的表情，法国人与全世界所有虔诚的教徒，聚集在这里祈祷着，感谢上帝赐予众生的每一个小时。

夜晚的巴黎，坐缆车登上蒙马特高地至高点。圣心教堂外，寒风如同刀子一般深入骨髓，但是在这里可以远眺夜色巴黎，雾下朦胧的巴黎，远不及北京、上海、纽约和东京的夜景。但来这里可不是为了区区的夜景，我们来这里是为了参观这座被导游誉为巴黎人心中最神圣的教堂。

圣心大教堂，外表如同天使一般，由一种奇特的大理石建筑而成，这种石头原本是黑色的，而经过雨水的冲刷和风儿的洗涤之后，就会由黑变白。所以一些台阶和风雨侵蚀不到的地方还会有乌黑的印迹，如同白玉上的瑕疵。

即将进入教堂内部，导游让大家脱下帽子，告诉大家在里面不要大声喧哗。

进入教堂，高高的圆顶耸立在上方，黄色的灯光透露出冷、静和神圣。人们坐在长条的椅子上，闭着眼睛，向上帝祈祷着。而我感觉他们的样子不像在祈祷，像是在睡觉，更像是沉浸在美好的音乐中，安然、沉默。

走过全世界最大的马赛克拼图，走过圣母玛利亚抱着死去耶稣的图画，我坐在凳子上，试着像教徒们一样画十字架，祈祷，当然最主要的是祈祷自己可以考个好成绩，上一个差不多的大学。换过去的话我或许会祈祷可以多拥有一些自由和游戏时间。

其实，当我祈祷的时候，我很迷茫。我不知道我应该向上帝祈祷些什么，虽然有时我真的会幻听，听到上帝跟我说话，呼唤我的名字。但是我不知道我应该向他索取一些什么，他能够给我什么，难道上帝会允许这个世间有如此之大的不公平吗？一个人向另一个人毫无条件地给予的话，上帝一定会生气吧。所以上帝一定不会自己生自己的气的，也就是说，祈祷也就是在心里想想，能不能做到还是得用自己的行动说话。

要是祈祷是万能的，那不就可以每一天都信奉上帝，感谢上帝，然后天上就会像下雨一样掉下食物、钻石和幸福了吗？

那是不可能的。

上帝在我的心中非常尊贵，永远高高在上，正因为他是公平的，所以如果祈祷上帝平白无故地给你荣华富贵的话，不如去脚踏实地地踏出你的步伐，用你的汗水和劳动去感动上帝，去交换上帝的恩赐，也就是交易。

上帝不是顾客吗？因为顾客就是上帝，那是开玩笑。上帝是个商人？其实根本就没有上帝，你在心里再怎么祈祷，再怎么希望恩赐也是没有用的。因为上帝是个商人，你不给他东西他是不会平白无故地给予的。其实上帝就是世界的原则，等价交换的原则，世间的一切都围绕着这个原则而旋转。

所以放下手中的《圣经》和念珠，去追求那些触手可及的东西，而不是去空想，去不劳而获。

巴黎夜晚的灯光随着我们下山的脚步而下落。

忏　悔

虽然我忘了，是谁说过的：“我的一生没有什么好忏悔的。”

我虽然才活了我人生的六分之一或七分之一或八分之一。（今年我十六岁，我好像有些贪啊！）

我们都会记得电影《非诚勿扰》里，葛优在日本小教堂里对神父的忏悔，最后神父都累得不行了，葛优更不行了，但是他还是在忏悔，可见他做过的坏事太多了。

为什么忏悔？因为做过坏事。做了什么坏事？

我没做过什么坏事儿，要是说跟同学或熟人像葛优所陈述的一样闹着玩，在上帝面前根本不值一提。但是我确实残害过生命，拆散过家庭，虽然不是人类的。

就是我们楼下的蚂蚁，就是我们家里的苍蝇，我全都杀害过。

杀害蚂蚁是因为我的年幼无知，不懂得珍惜生命，有时候连自己的生命都不珍惜。杀苍蝇就轮不到我忏悔了，应该是苍蝇忏悔，因为苍蝇是因为前世没干好事才被上帝惩罚而变的，所以不需要忏悔。

所以我的人生没有什么好忏悔的!!!!!!……

这一段是不是有些多余?

孤　独

中国式的孤独。例如我们学生，就是孤独的群体，我们似乎忘了如何去交流，因为上课与自习的时间说话是会被罚站的，我们忘了如何与别人接触，如何才能不伤害他人。

尤其的孤独，是在考场上，你向左右看去，就会感受到更加孤独。他们离你很远，尤其是，他们的卷子。

如果你做出东张西望的动作，你便不会孤独了，监考老师的目光会随着你，直到考试结束，仿佛正在唱着“You are not alone! I am here with you!”(迈克尔•杰克逊的《你不孤单》）但是考试结束之后你将会再次陷入孤独之中。

日本的孤独代表是老人。日本的老年人正在急速地增加，人口老龄化成为了全球最大的问题之一。这些老人的儿女一般都不会给老人抚养金，不会给爹妈太多的关怀，老人的福利都是由政府所提供。一个人长着三条腿（拐杖）走路一瘸一拐的样子确实让人心疼，让人感觉到沧桑与寂寞。哪国的人都会是这样，更何况日本人瘦小的身躯给人的单薄感，会让人觉得这个人真的能像纸一样被风吹跑。

有一年，政府为他们送上电子机器狗让他们非常欢乐。日本的老人，正如同日本的国旗一样孤独。

欧洲的儿女给爸妈送钱送温暖几乎是天方夜谭，十八岁之后，他们将彻底与父母脱离关系，甚至有些父母借给儿女钱都需要打欠条。正因为这样的家庭生活观念，那里所有的老年人都非常孤独。

欧洲的许多建筑物和老人一样的孤独，那些古老的城堡，那些古老的教堂，那些古老的雕像，都不像中国耸立的高楼群和日本房子挨着房子的村庄那样茂密繁杂。它们都是独立的，孤零零的，像是落单的不会融入丢手绢游戏的小孩子一样，也像是远离子女呵护的欧洲老人一样。

那些教堂的塔尖耸入云霄，教堂的钟声传来凄凉与冷清寂寞，每一声都像是撕心裂肺的呐喊，爆发出积淀在胸口的孤单，高吭着一个人的寂寞。

而城堡则孤独地享受着高居在上的地盘，因为多数城堡为了易守难攻都选择在山顶建造，所以这里的冬天，寒风打在身上应该很不好受吧。这样给人阴森恐怖回声的城堡事实上是多么的可怜啊，那回声正是它孤独、凄凉的象征。

那些孤零零的街头雕塑，每天都只能眺望着一样的景色，或许偶尔会有新人走到它们身边或在它们身旁拍照。一条空空街道上的一座雕塑，给人的感觉确实是萧条的、孤独的。它的眼神永远都是一个样子，它的表情永远不会改变，或许它的眼睛看到了王朝的毁灭，看到了战争中炮弹所迸溅出的泥土，但它还是孤单地看着眼前的景色，一成不变地保持着原来的神态。

这些东西是在别的国家不常见到的东西，它们是我们眼中的艺术品，那是孤单的美感，更形象地说是孤单的骨干。人们需要这样的东西去赞叹，而人们不会考虑这件样品的感受，降临于世就注定承受孤单的不情愿与绝望。

它们似乎在哀号，在嫉妒那些成群的村庄。它们或许伟岸高大，被人赞叹，让人惊叹。但它们绝对只是想拥有平凡的快乐和可以接触的朋友与邻居。

冷

受地中海和北大西洋暖流的影响，欧洲多数国家的冬天不会比中国冷。

许多湖面和海面，却让欧洲给人以特别冷的感觉。

许多酒店是冷的，这里的空调竟然神奇地有着暖风标志却不吹暖风。

许多的食品是冷的，就连许多华人华侨开的中餐馆的米饭都是冷的。

意大利的冰淇淋更是随处可见。

建筑是冷的，那些楼房，那些钟楼、教堂、城堡。凡尔赛宫是冷的，它拥有高大的屋顶，金黄的内饰，散发出豪华与奢侈冰冷的寒意。

缆车是冷的，瑞士雪山上山的缆车没有暖气，我们在风雪中坐着吱吱作响的缆车，座椅一直是冷的。

暴露在室外的大理石长凳，坐上去会让你担心得冻疮。

佛罗伦萨是冷的，因为它的别名叫作“翡冷翠”，就连欧洲人都是冷的，冷得可以没有任何表情地极不情愿地跟你打招呼，甚至露出厌恶，滚出去的眼神。

我去过美国、日本和马尔代夫，没有见到过如此冷的当地人。没有热情的招呼，只有冰一样的眼神和言语。许多法国人甚至连看都懒得看我们这些有色人种，连意大利酒店的服务员，都在我饱含热情地用一个小时前刚学的意大利语感谢他时，只是轻描淡写，头也不抬地说一句不用谢。

这片大陆多半都是冷的，这里有一层冰，与我们的世界有一层隔膜。

这里的天气很冷，如同阿尔卑斯雪山一样，寒冷刺骨，这里的人如同法拉利高昂起头颅的骏马，傲慢得过头。

这里是欧洲，这里比中国晚了七个小时，这里已经十一点了，中国乌苏里江即将迎来新一天的清晨和阳光。而这里，意大利的温泉小镇，却沉浸在冰冷的黑暗中，街上不时走过几个当地的小混混，去打劫一些独自行走的亚洲人，因为亚洲人经常会带很多现金在身上。

今天的月亮是满月，好圆好圆，这时中国的太阳即将取代月亮，成为天空的主题。我记得去年暑假在加拿大时，月亮也是圆的。

月光透过没有拉窗帘的窗户，静静地照射在正在敲击的键盘上。

连圆圆的月亮都显得那样孤独，连月光都那样冷。

特殊翻译家

原本我只是一个普普通通的，居住在北京城边的翻译家，将一些汉语的书籍翻译成藏语。

藏族的人民热爱看书，但是看的书不多，但是他们的孩子渴望读书就如同渴望阳光和甘露一样。所以，尽管一个藏文的翻译家工作很艰辛，生活贫苦，但是我依然可以从我的工作中找到一种强烈的使命感，从那种神圣的使命感中找到一种力量，可以让渴望知识，渴望精神力量的藏族人民找到灵魂归宿的使命感，那是唯一让我从事我的工作到现在的原因。

可以说，那是有意义的，我可以说我是一名普通的，平凡但幸福的藏文翻译家。可是——

直到有一天，一个电话改变了我的命运，那个电话就是改变我人生，改变我生活方式的一个起点，它给我的人生带来了无数的光环，让我的生活更加的富足，让我的心灵更加放荡不羁，也是让我变得特别的一个起点。

电话的那一边是索罗仁波切，他在许多人心中都无比的崇高，无比的荣耀，他仿佛可以把一切坏的变成好的，卑贱的变成崇高的，野蛮的变成文明的，邪恶的变成正义的，当然也可以让我这样没钱的变成有钱的。

后来我知道也有无数的汉族人久仰他的大名，认为自己在工作中做了一些坏事，或者为了保自己家人平安的人都非常敬仰他，那些有钱的人们可以让他住上豪华的酒店套房，可以让他在头等舱里享受宁静和舒适，可以让他永远摆脱西藏的贫穷与疾苦，可以让他在为人算算命，给人说说好话，给别人灌顶的同时赚许多许多的“零花钱”。

那个时候，我以为他要让我翻译他的书籍，但是没想到第一次碰面的时候，我看到他圆润的肚皮和光溜溜的头顶，但是那脑壳的上部却像是长了许多肌肉一般，他的眼睛如同蒙上了一条神秘的纱巾，他用那种让人捉摸不透的眼神打量着我。他用些许沙哑而带有强烈口音的藏文很直接而坦白地说明了他看过我翻译的书，感觉我文笔还过得去，而且藏文说得不错，然后他说：“做我的翻译家吧！摆脱你如今穷困的生活吧！把你的灵魂交托与我，我可以让你成为你无法想象的人物！让你拥有金钱，和至高无上的荣誉！”

我的心的确被他的言语所打动了。

第二天，我离开了简陋的公寓楼，带着行李踏进了一家理发店，然后对那个染着花花头发的理发师说道：“剃秃。”

一周后，我已经被他们称作上师，但是说实在的，我这个汉人对佛法实在是一窍不通，就连对佛教的信仰都没有。我不知道那个上师为什么要让我这样一个对佛法充满未知的普通翻译家成为一个许许多多人都敬仰，都极度渴望接触的“上师”。我住在别人为索罗仁波切提供的高档住所，我的房间很大，很豪华，充满阳光。

今天有个人来到我这里，想让索罗仁波切加持一下她的孩子，想让这个孩子考上一个好高中，因为她久仰了索罗仁波切的大名。

仁波切很忙，所以他让我加持这个小孩。我因为一时慌张，竟然在念佛经的时候都念得语无伦次，其实我都不知道自己应该念些什么，不知道我念得东西对这个孩子能有什么益处。

或许是为了对得起袈裟和上师的称号，我还是硬着头皮，将许许多多个经书拼凑到一块对这对着母女念了一遍，最后甚至感觉前后矛盾，还好她们听不懂梵文的。

最后我学着索罗仁波切的样子对她们说：“没问题，佛祖会保佑你考上一个好高中，只要你相信佛祖，佛祖就会加倍保佑你，但是你不努力的话，佛祖也帮不了你了！”

这句话是非常精妙的。假设你考上了好高中，那就是我的加持让你获得成功的。假设你没有考上一个好的高中的话，你也不能怨恨我，是因为你的心中没有崇尚佛法，是你自己的问题。这样一来，好的就都是这些上师的，坏的，只能归功于孩子自己了。

我感觉到我的良心受到了强烈的谴责，内心如同受到了严刑拷问，像是欺骗听不懂话的小婴儿一样把她们母女俩都给骗了，而且她们仿佛还认为受到了佛祖的加持，受到了神灵的保佑。

实际上什么也没有，每一个人，包括每一个法功高深的上师，甚至神明。那些真正的上师，在修行中领悟了人生，看破了红尘的上师都心知肚明。佛祖并非具体的存在，那只是人们想要认为存在的，只寄托着人类美好的憧憬愿望。他们就像是变形金刚一样，是人们幻想出来的，是仅存于精神世界的。

佛法的根本，不是让自己拥有多少功名利禄，不是让自己洗清自己的罪名，不是用经文改变他人的命运，而是淡忘一切，无视一切的肮脏、丑恶和不快，得到内心的平静，再给众生平静。

只不过一些人需要相信，他们也逼着自己相信，佛祖是真正存在的，佛祖可以保佑自己的灵魂。

当我看到这对母女诚恳地留下供养的钱，然后走出去的时候，我感觉到，并不是我在欺骗你们，是你们自己在欺骗你们自己。

我看到了我房间里的佛像，那些佛像被刻画得栩栩如生，竟然都像是永远不存在于世间的神话。这些神话，让每一个上师都变得神奇，让每一个佛教信徒都为之而诚惶诚恐，也让我在接到电话之后的一天里改变了我的命运和人生。

最近，仁波切门前的人总是有如滔滔江水，连绵不绝。许多人在炎热的空气中，焦急地等待着丝毫不存在作用的加持。很多人来到我面前，请求我的加持。有的时候我并不娴熟的骗技会让一些人有些迟疑，但是，这几天我赚的红包，绝对可以让我拥有过去出版一本书籍的稿费了。

许多有钱人都来这里忏悔，还有许许多多的名人，有几个甚至乘坐着黑色的劳斯莱斯来进贡上师。但他们经常因为看到自己的竞争对手而埋怨。

我正在努力地在“课下时间”向仁波切学习，他倒是挺直接地说道:“跟你合作，很好。这样，以后每个人给你的零花钱，我们对半分可以吗？”

近来，他的脸上充满了红光，那种红光从额头直灌后脑勺，再从脖子上绕回到脸上。可以看出他很兴奋，但是在众人面前，他还是非常的庄重，非常的正直，非常的威严，如同一尊佛像。

晚饭的时候，一个开着奥迪A8的人接着上师去吃晚饭，他也邀请了我。车穿过了无人的小巷，穿过了城市的喧闹，穿过了交错纵横的街道，来到了一家会所门前。

这家外表看似平凡的会所，实际上是装修豪华、富丽堂皇。我瞄了一下菜单，惊奇地发现许多平平常常的菜竟然有四位数字的价格。上师如同三天没吃饭一般，使劲儿将那些肉食往嘴里塞，毫无形象可言，似乎忘记了品尝，只知道味觉上的享受，在他狰狞的面容里，我看到了他的贪婪，我发现他只是一个贪婪的人。我这个特殊的翻译家，第一次尝到了我一直都只敢观望和闻味的“佛跳墙”了，但我没感觉“佛跳墙”有任何特别。而且确实没有让什么佛跳出墙而来品尝它的实力。

是啊，他们本来就没有区别，再怎么做，它也就是一碗夹杂着许多海鲜的汤。就像是你来到这里想要得到加持一样，加持与不加持本来就没什么区别，再怎么加持，你也就是那样。人们就像是渴望尝到“佛跳墙”一样，想要得到那些所谓上师的加持，但是当他们得到加持的那一刻，他们没有感觉到灵魂的复苏，或者是精神的新生。就像是我吃到“佛跳墙”一样，没有任何感受。他们，只是想满足内心的空虚，他们需要一种信仰来支撑他们空洞的思想。我知道那种所谓的加持力，根本不及我翻译的那些文学作品，不及看上一部经典的有意义的电影，更不及去心平气和地享受一曲音乐。

许多周以后，我已经熟悉了许许多多的上师应该知道的程序，知道了如何给人灌顶，如何给人洒甘露水，如何使用转经筒，如何敲击榆木念经，如何盘腿，如何用那些言语去开一些人的心锁。更知道如何笑呵呵地收着那些人所供上来的金钱了。

最重要的，我学会了揣测对方的心理，比如他神色紧张，穿戴比较华丽，喷着幽香的香水，说话有时紧张有时眉头紧锁，你就该知道他是个商人。你应该问问他，最近的事业是否顺利，他就会说“上师果然神通，最近生意……”这种人最想要的就是破财消灾，他们捞了消费者的钱，遇见问题，就希望破财消灾以免除不可避免的厄运。

再看另一个人，打着领结，穿着西装，金框眼镜，肥头大耳，在你面前更多的不是虔诚，而是顾客一般。这种人多半是做官的，收点礼，贪点财，在外面找找乐子什么的，都会让他们感觉自己会被抓住，同样希望破财消灾。

再看一对年轻的夫妇来了，你就该猜测他们是刚结婚祈祷永久的爱情还是女子怀下孩子，希望保佑健康平安，希望破财消灾吧！哈哈，这下他们就真找对地方破财消灾了。

顺着他们的话题，套出他们的心里话，从神情、说话的语调和停顿、声音的颤抖，坐姿、腿、脚，揣测他们的内心，猜出他们的疑虑。然后："你说的我都知道了，如果你希望，我将以我纯真并崇高的思想指引你，但是，为你做的事，需要众多僧人共同念经祈祷才行，前程一帆风顺。"

于是开出价码。大多数人是不会拒绝的，第一，来这里的大多都是有钱的，有权的；第二，不交钱不就意味着倒霉要找上门了，还是交了吧。

就这样，一天天一年年，我们的腰包一点点变大，我的羞耻心已经越来越渺小，如同放在硫酸里的铁块。

我想我是个特殊的翻译家，我这个翻译家，其实已经不是翻译家了，如今的我成为了一个摆设，一个像保镖一样行走于上师身边的宠物。我经常望着自己的头顶，我发现自己在剃完头以后，那个地方就寸草不生了，没有任何黑毛的踪影，它就像是枯寂了一般。它竟然不长草了？它他妈的不长草了！

我再也不用为洗发水而发愁了，过去，我曾经为了买一个强力去头屑而很贵的洗发水而徘徊。如今，我没有头发了，我相信我再也不会长出头发了，我相信那是一种预示，预示着我正在堕落，我的大脑里没有任何的思想，没有任何灵魂，只有钱，只有欺骗，只有利益。

我会想不起过去翻译书籍的那种快乐，我只浸泡在佛经里，一次一次念着佛经却不知道它的意思。我，只存在于空间里，时间里，我不再是一个翻译家，虽然我经常替上师在为别人灌顶和加持。空余时间里，为他把他说的藏文翻译给汉族弟子们听，但是我变质了，彻底变质了。从身体到灵魂。而我脑袋上的荒芜，正预示着我已经没有任何思想支柱了，我成为了一个没有骨髓的人，脑子里已经没有了任何有养分的，可以让我的头发重新生长出来的东西了。

马上，人们该走的都走了，我的收入真的不少，这些日子里我的收入都比我过去几十年的收入都高。我贫穷的时候过去了，但是每一天端坐在那里，尤其是盘着腿过去一整天，我感觉整个身体都要散架了，我感觉到了劳累，感觉到了无助，感觉到从来都没有过的寒冷和虚无。

没有人再来我的房间了，我经常坐在上师的旁边，学习上师如何应对许许多多繁琐而又无聊的事情。我发现上师经常在无人的角落里吃牛肉干，甚至还有干鱼肉和鱿鱼丝。上师的肚子渐渐变大，变圆，如同金钱和肉类在向他的肚子里打气一样。

晚上的时候，我经常难以入睡，我经常感觉到自己的良心在与我一天中所做的事情发生摩擦与冲突，我感觉我似乎可以离开这里，离开这里去做让我存在的有价值和意义的工作，但是现实的美妙让我无法离开。

美妙的现实让我的身体和思想麻木，让我的感情日益消退，有的时候我经常梦到过去的自己，梦到那个长满黑头发的我笑话这个没毛的我，我发现了自己的苍老，发现了自己的软弱无力，那个长头发的人，他鄙视我，他说他没有金钱，但他快乐，他崇高，他是一个有血有肉的人。

闹铃打破了那个恐惧的梦，我从梦中惊醒。看看闹钟，五点，我想对于一个僧人来说，五点起床已经很晚了，但是与电影里不同的是，我和仁波切从来都不在早晨念经，偶尔只是温习一下那些经文。我们从来就没有真正重视过那些经文，我们从来只是摆一个 pose，让所有人都信以为真。

我洗了个澡，用刮胡刀刮胡子，然后去吃早饭。仆人已经将早饭摆好，酥油茶，奶豆腐，还有面包成了我们简便的早餐，这种早餐我们百吃不厌，早餐仿佛就是一个简单的程序，对付对付就可以了。

不一会儿，阳光透过窗户，照耀在桌子上，太阳被远方跌宕起伏的高楼切割得残缺不全，无数个锋利的针刺到我的眼睛里，烤着我的头顶，仿佛可以将我心中的每一个污点都融化，将每一个不愉快回忆都磨掉。北京，在太阳的照射下，苏醒了。

还记得那样一个平常的早晨，仆人把奶茶泡好，我和仁波切两人的早餐开始了。突然对他的经历有所好奇。于是我问他：“为什么你是仁波切，你是学校的第一名还是家庭有背景？”

他对我说，他是被上一代仁波切随意挑选的。我有些诧异地张大了嘴，他吃掉了一块面包后说道：“我的父母只告诉我，我是上一代仁波切的转世。”

这，比起如今的官二代富二代，确实大不相同。

一天天，一天天，在北京的生活泡在汽车尾气中，呛鼻，污秽。

虽然以上都只是我想象出来的，但实际情况，应该与我的想象估计都差不多。

这位特殊翻译家最后只有两种选择，一是继续跟着仁波切走下去，走着走着直到自己也成为和他一样的戴着面具的佛。二是离开他，走向自己曾经希望的生活，哪怕贫穷，但快乐、充实、幸福。

他确实曾渴望金钱，渴望别人的敬重。但靠欺骗别人获得的快感，不是快感，而是严重的罪恶感。

而那些上师们恰恰做不到这些，他们用妙言编织起梦境，让那些心虚的无助的人长眠于此。

我希望最后的剧情，是他选择离开。

他走的时候，仁波切对他说："想要这职位的人多了去，我看你人不错才让你来的，自己想走，我绝不挽留。"

你们猜猜他为什么走？为什么离开？

只因为，他想在自己的一生里，要有追求爱和自由，追求崇高与人性的光辉的那一段旅程。

他需要的是用自己的力量改变他人的认识，所以他还要选择翻译，将文化输入山区，改变那里更多的人生。而在仁波切的身边，命运成为了必然，成为了在所难免，成为了别人的意志。

命运，不过是失败者无聊的借口，不过是怯懦者自卑的解嘲，命运如同手中的掌纹，无论多么曲折，它始终掌握在自己手中。

我们要选择是不是应该活下去

记得那是中考成绩在网上公布的一刻，我呆呆地坐在电脑前，悲痛地想象着拿着我的成绩单，被那些优秀的高中拒之门外的场景。而就在这一刻，一个真正的悲剧正在发生，隔着几个街区，一个和我一样，看到自己不尽如人意的成绩的少年，在十七楼最后一眼俯瞰了大地之后，就投入了大地的怀抱，投入了永眠。

他可以安心睡了，当他享受到最后的痛苦之后他将不会痛苦了，他不需要承担责任了，不需要再顶着风霜雪雨去打拼了。再也不用看别人的脸色，再也不需要做那些毫无意义，不想去做的事情了。可是我们呢，我们这些活着的人呢？

我还在想，如果较起真来，那所有的人是不是都应该活下去。

今天中午，我还看见建筑工人在炎热的阳光下，在对面拔起的楼上擦汗水呢！看他们的样子，与其说是在求生，不如说是在死亡中挣扎。这个世界，总是有地方充满贫瘠，就算是富裕的人也在随时承受着生存所带来的压力与痛苦。

我在想，难道人类从一出生就注定要承受苦痛，接受注定的悲剧命运吗？难道人们都在追求痛苦的人生吗？难道人类这个物种，就是为了承受心灵和思想痛苦而出现而降临的吗？那么人类，为什么还要出现呢？

人类出现的意义又是什么？当人们赚了很多很多钱，去享受，去挥霍的时候，人们会感受到生活的空虚；当人们身无分文，贫穷落魄的时候，人们会憎恨和嫉妒那些富人，咒骂自己的生活，抱怨自己生活在一个贫困的社会里。

那，为什么不去死呢？

死亡，人们都畏惧它吗？它真的有那么可怕，恐惧吗？如果一个人真的死了，那么他不就在仅仅经历死亡的恐惧与痛苦的那一瞬间后，永远沉睡，永远不会再有痛苦、悲伤和欲望吗？

因为人们不知道，所以人们畏惧；因为死亡，是一个让人难以捉摸的东西。

花开，之后凋零；星星是璀璨光辉的，但是它一定有黯淡的那一刻。这个地球、太阳、银河系甚至宇宙，总会有死去的那一天。人的一生与这些相比的话，不过是一眨眼那么短暂而已。在那样短暂的时光中，人们诞生、欢笑、流泪、战斗、受伤、欢喜、悲伤……憎恨一些人，爱上一些人，一切的一切，都只是刹那的邂逅。

冥想之后，我似乎在梦幻与现实的交汇处抓到了一丝灵感，正是因为有痛苦，所以快乐也一定相应地存在；反过来也一样。在这个世界上，生命是一瞬也不会停止的……它一直在动着，变着，没有规律地跳动着，这就是无常。人的一生也是这样。

人，活着，确实经历着痛苦与折磨，但换句话说，人活着，不也是为了感受生的快乐，生的美好吗？

这个世界，并非尽善尽美，正因为我们来到世上经历种种的苦难，才会懂得生的快乐，生的可贵。其实我们可以回想我们的生活，当我们炎热的时候，进入阴凉处就是一种快乐和幸福，而当我们寒冷的时候再进入阴影之中，就会感觉到更寒冷，更痛苦。确实，人摆脱不了痛苦，而也正是因为有了痛苦，才有相对的快乐和幸福。

人的一生好悲伤，到头来还是要改变，不安于现状，就连乞丐都是。我们所谓的痛苦不正是我们熟悉的事情，人类为了强大，为了站在别人的肩上总是在和自己斗争，痛苦地斗争着，得到一样东西之后失去一样更珍贵的东西。我们后悔着，我们痛苦着，在痛苦的背景下，快乐是那么短暂。

或许人类本身真是个错误，上帝创造人类，原来就是为了看一场场野心家不断与自己角斗，上帝是最大的观众，最仁爱的观众，同时也是最心狠的观众，更是唯一的观众。人类，正因为攀比和野心而想比别人更上一层楼，这些贪婪的人在岁月的累积之后，不知不觉地成了伟大的人，创造文明的人，创造奇迹的人。

安于现状也好，不断向前继续也好，伟人也好，平民也好，人渣也好，全部都有存活下去的意义。就像是昙花，只为瞬间的美好、瞬间的快乐而忍受所有痛苦，历经所有风霜。

人类啊，活下去吧，经过那血淋淋的山丘，你会看到黎明阳光的祝福，就算是失业也好，妻离子散家破人亡也好，更甭提和追求的目标只差一小步而失败也好。人类，在同一片天空下，奋斗过，努力过，痛苦过，笑过，不论伟人还是人渣，终将经过痛苦，体验快乐，最后释然，回归于大地之中。

其实人生是一个悲剧，也是一个喜剧，正是因为悲伤的渲染，才能烘托出人类的幸福与伟大。而一些演到中途不想继续演下去的人，只因仅仅去关注悲剧的剧本而忽略了喜剧的欢乐。

我把电脑关了，我给自己的生命和对未来的信念投上庄重的一票，这一票只能由自己选择。生命在自己的手中，可以因为痛苦而变得扭曲，也可以因为痛苦而变得亮丽，灿烂，这就是人的生命，这就是人类降临的意义。

看啊，上帝在黑屏里笑呢。

图书在版编目（CIP）数据

牢记要深藏在心的密码：肖历昂获奖作品及新作/肖历昂著. －北京：作家出版社，2014.7

ISBN 978－7－5063－7472－9

Ⅰ.①牢… Ⅱ.①肖… Ⅲ.①中国文学－当代文学－作品综合集 Ⅳ.①I217.2

中国版本图书馆 CIP 数据核字（2014）第 167140 号

牢记要深藏在心的密码：肖历昂获奖作品及新作

作　　者：肖历昂

责任编辑：王　征

装帧设计：四色土设计

出版发行：作家出版社

社　　址：北京农展馆南里 10 号　**邮编**：100125

电话传真：86－10－65930756（出版发行部）

86－10－65004079（总编室）

86－10－65015116（邮购部）

E－mail：zuojia@ zuojia. net. cn

http://www. haozuojia. com（作家在线）

印　　刷：三河市紫恒印装有限公司

成品尺寸：142×210

印　　张：3.875

版　　次：2014 年 7 月第 1 版

印　　次：2014 年 7 月第 1 次印刷

ISBN　978－7－5063－7472－9

定　　价：16.00 元